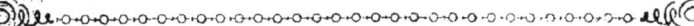

POÉSIES FUGITIVES

ÉCRITES AU CHATEAU DE SAINT-LÉGER

Par le Général comte Jules PAULIN.

1875

DIJON

IMPRIMERIE G. DEMEURAT, RUE BOSSUET, 15.

POÉSIES FUGITIVES

ÉCRITES AU CHATEAU DE SAINT-LÉGER

Par le Général comte Jules PAULIN.

DIJON

IMPRIMERIE G. DEMEURAT ET FILS, RUE BOSSUET, 15.

MEIS ET AMICIS.

POÉSIES FUGITIVES

Misce stultitiam consiliis brevem,
Dulce est desipere in loco.

HORACE.

POÉSIES FUGITIVES

Misce stultitiam consiliis brevem,
Dulce est desipere in loco.
                    Horace.

A M. Pierre PIÉRY

ANCIEN CAPITAINE DE CHASSEURS A CHEVAL.

Vous êtes, mon beau-père, expert en toute chose
Et savez marier le laurier à la rose.
L'enjouement, dans vos vers, égayant la raison,
Dans un doux badinage apporte sa leçon ;
Témoin votre récit charmant du garde-chasse.
Pour peupler sa volière, il n'est rien qu'il ne fasse ;
Et grand maître-d'hôtel de ses chères perdrix,
En père il les nourrit : mais c'est pour son usage,
Et tout seul, à sa table, il en connaît le prix.
Peut-être un jour viendra quand, près du noir rivage,
Pour sa punition il devra consentir
A nourrir ses oiseaux, les soustraire à l'outrage
            Sans jamais en ravir
Un seul, comme advenait dans son lointain bocage ;

Et dès lors, ô Pluton, dans un proche avenir,
Leur parfum permettra que chez les morts on dîne
Avec tant d'appétit de leur fine cuisine ;
Et tant sera fêté ce joyeux souvenir,
                    Que, transmis d'âge en âge,
Du garde trop friand à ses petits neveux
Grandis par ses talents, il deviendra pour eux
                    Leur plus bel héritage.

                    ᐧᐧ

                    La gourmandise, ainsi
                    Fait connaître ceci :
Que sur terre on souscrit aux ordres de l'Eglise
                    Sur la sobriété,
Voire même en enfer sur son utilité ;
Mais qu'à rester gourmand partout on s'autorise.
Et pour citer encore l'agrément de vos vers
Où l'on voit tour à tour la plus grande sagesse,
                    L'esprit, la politesse
Sur tous les tons briller en de si vifs éclairs,
J'avise également un patriote en place
Avec appointements, qui, voulant les garder,
Aux erreurs de son temps ne cesse d'accéder,
Parle de sa vertu, me fatigue et m'agace ;
Et, dans un feint amour de la frugalité,
Singeant le spartiate avec un air allègre
                    Préfère un chapon maigre,
Courant seul par la rue en temps de liberté,
Au poulet engraissé dans une étroite cage
Où l'enchaînent les fers honteux de l'esclavage.

ENVOI DU NID D'UNE FAUVETTE

Chère et bonne Isabelle,
Votre cœur sans pareil
Qui toujours accessible, en tous lieux se révèle
Aimable, généreux, me donne le conseil
De conter dans le goût de la naïve idylle,
Comment fut accueilli, comme présent du ciel,
Un tout petit oiseau que l'amour maternel,
Par un travail habile,
Conserva sans danger dans le creux de la main
D'un enfant devenu Sauveur du genre humain.

Je soumets cette étude
Légère à votre avis, avec la certitude
Qu'aidé d'un bon conseil, et sans trop me fier
A ma muse, je sais parfois versifier

LE NID D'UNE FAUVETTE

DANS LA MAIN DU SEIGNEUR (*)

Sous un ciel azuré
Où s'étend la fraîcheur d'un bocage sacré,
L'image, au front serein, de notre vierge sainte,
Par les soins empressés, religieux, constants
D'un pieux souvenir, se dérobe à l'atteinte
Acerbe des Autans.
C'est ainsi qu'en hiver, se transforment le chaume
Et la verte fougère en manteau réchauffant
Pour revêtir Marie et préserver l'Enfant
Qui porte dans la paume
De sa mignonne main
La croix de la souffrance,
Signe de l'alliance
Par un Dieu rédempteur offerte au genre humain.

(*) La statue de la Vierge est sur un piédestal en face de la porte de la chapelle et c'est dans la main de l'Enfant Jésus qu'une Fauvette vient, chaque année, faire son nid dans la main du divin Sauveur qu'elle tient dans ses bras.

*
* *

Sous ce même manteau, dans cette main timide
Une autre mère aussi
Avait trouvé l'égide
De son plus cher trésor, de son plus grand souci.

*
* *

Comme était doux l'asile
Qui devait préparer
Les moments fortunés d'un être si débile
Dont il faudrait un jour hélas ! se séparer.

*
* *

C'était un premier-né, petit d'une fauvette
Modèle de ferveur qui voulait qu'au retour
Des rayons d'un soleil où commence l'amour
De tous les oisillons par une chansonnette,
Son fils, qui vint au jour dans la main du Sauveur
Si candide, si pure,
Par sa grâce soustrait à l'erreur d'un parjure
Ne trouvât dans l'hymen que joie et que bonheur.

O vierge ! tu daignas excuser cette mère ;
Et quand revint zéphir voletant et prospère,
Au fauvet il disait : Songe au serment d'amour
Qui ne doit affliger ta maîtresse un seul jour.
Et l'oisillon grandi, de son aile légère
Quitta le saint abri de chaume et de fougère ;
Des chansons de tendresse il apprit le concert ;
Et, plus doux que l'amour, le ciel lui fut ouvert,
Lorsqu'il ne chanta plus, par la main de justice
   De son céleste enfant,
Qui depuis, ô prodige ! est le lieu de délice
Où naissent aux beaux jours et préludent au chant
Des talents protégés par l'empreinte divine
Que mit sur leur duvet une main qu'on devine
   Avoir dans leur berceau
   Caressé chaque oiseau.

UNE VISITE EN HIVER.

———

C'était en Février,
A l'heure où chaque soir la blanche messagère
De l'enfant de Cythère
Suspendant son essor s'endort au colombier,
Que d'oiseaux tout un nid, par un temps de gelée,
D'un coup d'aile léger
Affrontant l'aquilon, avaient pris leur volée
Pour visiter le vieux manoir de Saint-Léger.

*
* *

Bien grande fut la joie
Du châtelain, jadis assez fin oiseleur
Pour n'effaroucher pas cette superbe proie ;
Mais trop tardivement un si parfait bonheur,
Rempli des souvenirs de sa folle jeunesse
Prodigue de serments et de tendre caresse,
D'un temps qui n'était plus, s'offrait à sa merci.

*
* *

Tant d'oiseaux en corsage,
D'un si joli plumage,
Entrés dans son logis, folâtrant sans souci,
N'étaient qu'un doux mensonge
Enfanté dans un songe.

Il ne put qu'admirer
Et voir fuir le breuvage
Qu'approchait de sa bouche un décevant mirage
Jetant ce trait narquois : c'est trop tard soupirer.

*
* *

Longtemps encore l'histoire
Des oiseaux voyageurs remplira sa mémoire.
Mais, présage cruel ! souvent d'un doux lien
S'enfuit le souvenir ; peut être un froid sourire
Effleurera ces vers, faible accord de sa lyre :
De son nom disparu que restera-t il ? Rien.
Déjà le poids des ans l'entraîne et vient lui dire :
« Tout ce qui voit le jour constamment ne respire ;
» Tout finit, s'évapore, et l'injuste éolien
» Qui frappe également le troupeau, le gardien,
» Soufflant sur leurs débris, les roule dans l'espace
» Où se perd leur poussière avec l'heure qui passe,
» Avec les doux baisers des cœurs tendre lien,
» Portant insouciant et le mal et le bien. »

*
* *

Echo, fille de l'air, n'entendra plus du cygne
Errer le chant plaintif sur le flot murmurant
De la limpide Albane [1] ; il s'épuise et, mourant,
S'efforce d'adoucir l'inflexible consigne

L'Albane, petite rivière qui arrose les prairies de St-Léger.

Que suit aveuglément dans son cours le destin,
Faisant aimer, jouir, souffrir et disparaître
L'homme qui voit partout la grandeur de son être
Sans s'avouer qu'il n'est qu'un pauvre pèlerin
Jeté, ne sait comment, sur un lieu de passage
   Où souvent le plus sage
   Et vaillant paladin
S'égare en des sentiers tortueux et sans fin.

Cependant il chérit ce séjour d'esclavage,
   Il ne veut en sortir ;
C'est la maîtresse aimée avec un doux servage
   Qu'il veut toujours subir ;
Et, bien qu'en cette plage, en naissant il arrive
Soumis à des revers qui déchirent le cœur,
On l'entend retentir des cris de la douleur
   Quand il voit sur la rive
Une vague emporter amour, gloire, plaisir
   Pour ne plus revenir.

PROFANATION EN 1871

DE LA COLONNE ÉLEVÉE EN L'HONNEUR DES SOLDATS
DE LA GRANDE ARMÉE D'ALLEMAGNE, APRÈS LA CAMPAGNE DE 1805.
INCENDIE DU PALAIS DE LA LÉGION D'HONNEUR.

Comme aux jours de Terreur, à la voix de la horde
Le tocsin retentit ; la Commune déborde !
Elle a, folle d'orgueil, ô mânes d'Austerlitz,
   Brisé votre Colonne !
Dans vos cercueils muets votre cendre frissonne.
Sortez du lit de mort, quand d'ignobles bandits,
Les bras ensanglantés ; quand des sauvages ivres
   Voleurs et penseurs libres
Osent porter la torche au temple de l'Honneur
Où brillèrent vos noms, ô chevaliers sans peur !
Punissez ces brigands, ces vils incendiaires,
Ces ennemis de Dieu sortis de leurs repaires
Pour souiller votre front, déniant à vos fils
Leurs vertus, leurs exploits, leur gloire indélébile.

. . . .

Que les lambeaux hideux d'une guerre civile
Disparaissent avec les coupables proscrits
A nos maux acharnés par la haine en démence ;
Et puissions-nous bientôt, après tant de douleur,
Des cendres de Paris voir sortir un vengeur
   Qui sauvera la France.

A MONSIEUR HYBORD

MÉDECIN

EN LUI OFFRANT LA PIÈCE DE VERS INTITULÉE :

J'AI CONFIANCE EN DIEU

———

Savant Hybord, je te dédie
Les modestes vers que j'ai faits
Au terme de ma maladie.
Pourquoi donc faibles, imparfaits
Sont ils ? N'ai-je pas retrouvé ma force ?
N'est-il pas ranimé, ce cœur
Rajeuni dans sa vieille écorce,
    A ta voix, ô docteur !
Car tu m'as dit : « Tu peux encore,
   » Conservant tes amis,
   » Sans chagrin, sans soucis,
   » Saluer plus d'une aurore. »

2

J'AI CONFIANCE EN DIEU

LES TÉNÈBRES ET LE GONDOLIER.

. . . .

LES TÉNÈBRES.

Le nocher joyeux chante et cependant l'orage
Gronde, et des traits de feu sillonnent le nuage ;
Nocher, reviens au port ;
Je crains pour toi la mort.

*
* *

Elle aussi va chanter, l'horrible filandière,
Souriant à l'éclair qui brûle ta chaumière.
Nocher, reviens au port ;
Je te prédis la mort.

LE GONDOLIER.

O voix du désespoir que repousse le sage,
Laisse le flot frapper la plage.

Le Gondolier aimé qui se confie aux cieux
      Et croit au saint mystère,
      S'il vit dans la prière
      Peut être audacieux.

.
. .

Des vains et noirs esprits je brave la phalange ;
      J'emporte mes amours
      Et ne crains pour mes jours...
Lorsqu'en mon frêle esquif j'ai pour compagne un ange,
      Je vois toujours le port
      Et me ris de la mort.

.
. .

Enfant craintive et pure, aux flots je te confie.
Déjà pour te sauver la mer, en sa furie,
S'appaise, et mollement te conduit jusqu'au port
Qu'elle ouvrira pour toi... qu'elle ferme à la mort.

.
. .

Sur ses ondes prions ! O charmeuse espérance !
Tout danger disparaît, les vents sont à l'amour.
Mais bien souvent aussi, trompeuse est l'espérance ;
Peut-être que demain ils fuiront sans retour.

⁘

Redoublons nos efforts : voile discrète abrite
Une vierge affrontant les vagues d'Amphitrite ;
Berce-la, ma nacelle, et qu'en l'azur des cieux,
Chaque étoile, pour toi, soit un phare joyeux.

⁘

Pour lui plaire, déjà disparaît le nuage ;
Les ailes du zéphir caressent le rivage.
Prosternons-nous, j'en aperçois le bord
        Où j'apporte un trésor
Qui fait tout oublier... les douleurs de la vie,
Le méchant, l'envieux, et la mort ennemie.
    Loin d'ici, noir présage... à tout jamais, adieu !
De l'aurore vois-tu la blonde chevelure ?
Elle accueille nos vœux ! il n'est de mal qui dure
   LORSQU'ON A CONFIANCE EN DIEU.

A EMMA.

Emma ! de vos beaux yeux je voudrais un regard
Qui m'arrivât de vous et non pas du hasard ;
Je voudrais, quand, parfois, ma main presse la vôtre,
Les sentir, frémissant, se donner l'une à l'autre.
Je voudrais que ma bouche en vous parlant d'amour
Ne vous offensât pas ; que la vôtre, à son tour,
Languissamment s'ouvrit en me disant... Espère !
Mon cœur parle pour toi... C'est toi que je préfère.
Je voudrais bien encore vous serrer dans mes bras
D'une amoureuse étreinte, et ne vous quitter pas ;
Je voudrais posséder pour vous en faire hommage,
La jeunesse, l'esprit, tous les dons du bel âge
Dont vous nous présentez la divine union.
Mais c'est trop désirer, c'est trop d'ambition ;
Je ne veux plus qu'un mot, que ce mot soit « je t'aime, »
Et que d'un heur rêvé naisse le bonheur même.

A Mlle Mathilde JEANIN

A L'OCCASION DE SA STATUE D'HÉBÉ,

PAR RUDE.

———

D'une grâce nouvelle
Vous avez entouré le plus charmant modèle :
C'est mieux qu'une copie. Autrefois votre Hébé,
Dévoilant ses trésors de divine jeunesse,
Eut disputé la palme aux grands noms de la Grèce.
Ces noms vont refleurir : en vos mains est tombé,
Pour orner nos palais, pour instruire et pour plaire,
L'art de la statuaire.

SUR L'INSTABILITÉ.

En amour, qui peut dire
Quel serment durera ?
Le sceptique va rire,
Et dit : « il volera. »
Sous un ciel azuré,
Bien souvent dans la vie,
D'un bonheur qui semblait devoir être assuré
L'espérance est trahie :
Tout disparaît, se perd.
Au sable du désert
Le vent du soir efface
Du voyageur la trace
Que laissèrent ses pieds empreints sur le chemin
Qu'il foula le matin.

LOGOGRIPHE.

Sous le ciel Illyrien,
Non loin du Monte Nègre et de l'âpre Bosnie
Dont, fière, je bravais la dure tyrannie,
Je fus, il m'en souvient,
Jadis la noble enfant de la noble Venise.
Venise, tu n'es plus ! Dieu cessa de t'aimer ;
Tu passas sous le joug, toujours prise et reprise !
Non, tu ne seras plus la reine de la mer
Comme au temps où le Doge, en sa toute puissance,
Lui jetait l'anneau d'or en signe d'alliance.
Il n'est plus son époux, et j'ai vu s'abîmer
Son suprême ascendant si lent à s'imposer.
Et moi, victime aussi, près de ses bords assise,
Dominant le rocher où la lame se brise,
Je n'ai plus de vaisseaux !
Où sont mes vieux marins, et mes grands amiraux,
A quoi servent mes tours, cette muraille antique
Autrefois la terreur du flot Adriatique !
Comme ma mère, hélas ! je n'ai plus de drapeau ;
Et comme un vil troupeau
Que l'étranger marchande,
Je vais courbant mon front sous la verge allemande.
Naguère des français les trois belles couleurs
Flottaient sur mes remparts, protégeaient mes rivages ;
Et soumise aux vainqueurs
Dont le nom glorieux remplira tous les âges,

Sous leurs puissantes lois j'aurais toujours vécu,
Dans mon sein confondant et vainqueur et vaincu.

. . . .

Aujourd'hui, cher lecteur, de moi que peux-tu faire ?
Je viens te proposer mon nom à deviner ;
Et pour te renseigner dans cette grande affaire
Je vais m'analyser, et récapituler,
Sans en manquer un seul, et que nul me réprouve,
Les mots qu'en combinant les lettres, on y trouve.

. . . .

   On y verra d'abord
    La ruse
    Dont use
Le méchant qui sourit et de sa dent vous mord ;
   Ensuite vient la rage,
Délire furieux ; puis l'oiseau de passage
Que l'on nomme la grue et qui va se percher
   Non point sur un clocher,
   Mais bien sur la cabane
   De l'humble paysanne
Dont le nid, chaque année, est là pour protéger
Les enfants, les moutons, le chien et le berger ;
   Une ville en Bohême,
   Dont le nom est Egra,
   S'y trouvera de même ;
   De plus on y verra
   L'abri qu'on nomme gare,
   Où la barque s'amarre,
   Où dorment les bateaux
   Se berçant sur les eaux :

Et pour ne rien omettre enfin, le nom de sage
Qu'Athènes décernait aux magistrats prudents,
Aux hommes éloquents de son aréopage.
Pardonne, j'oubliais le clairvoyant Argus :
Il avait donc cent yeux, rien de moins, rien de plus,
        Pour garder à l'attache
        Io, la belle vache
Qu'une nuit en dormant il laissa s'échapper
        Sans pouvoir l'attraper.
Sur quoi, grande colère et profonde tristesse
        De Junon, la déesse,
        Vexée au dernier point
        De se voir pour rivale
        Une telle vestale,
        Bête à manger du foin.
        Pour tout dire à présent,
        Car je suis complaisant,
        Je fus la république
        Très aristocratique
        Du brave marinier,
        Grand chasseur, grand guerrier
        Puis duché de l'Empire,
        Et je donnai mon nom
        (Qu'un forfait fit proscrire)
        Au soldat de renom
Que le vent de la mort emporta dans Venise
Lorsqu'il vint y chercher la douceur d'une brise.

LA DÉCORATION IMPERCEPTIBLE.

Le bourgeois décoré de la brillante étoile
N'a pas l'air d'y tenir ; il la cache, ou la voile.
Le soldat dont le sang fut versé pour l'avoir,
Ne craint pas, sur son cœur, de la trop faire voir.

ENVOI D'UN PORTRAIT.

Animez ce portrait que l'on dit ressemblant ;
Veuillez lui permettre même
De vous dire, je vous aime,
Et de moi vous aurez un vrai tableau parlant.

CHARADE.

Palsembleu, je le crois,
Sur un chako deux fois,
A présent que j'y pense,
On trouve mon premier.
Mon second, ou dernier,
Sur la carte de France
Traverse fièrement
Un beau département.

Mon tout, séjour modeste,
Est des grâces le nid
Où pour ma part je laisse écouler indigeste,
En faveur de son vin, l'eau qui le circonscrit.

LETTRE

A L'OCCASION DE LA SAINT-JULES

LE 12 AVRIL.

Dugé, tu m'as donné
Un bouquet de ta flore
En un jour fortuné.
Mais avec ce cadeau, tu me donnes encore
Pour ma fête bien mieux
Que ce qui plaît aux yeux :
C'est la douce assurance
Que toujours sans nuance,
Nos cœurs et l'amitié
Vont toujours de moitié.

A Madame ELISABETH R..

Pour aller à ton cœur,
Lisbette, je te prie
D'accepter cette fleur
Tout comme toi jolie.
Aux jours de fête souvent
Est menteur le compliment
Et ne se fait pas lire.
Moi, dans ce fortuné jour,
Je prendrai pour te dire
Je t'aime, un heureux détour.
Car pour te faire entendre
Mon accent le plus tendre,
Je dis à cette fleur,
Dans un doux tête à tête :
« Vas au jour de sa fête
» Te montrer à ta sœur,
» Et sois mon interprête,
» O ma fleur joliette. »

A Mme M^r, A CHAMPAGNOLES.

Le chalumeau des champs,
Ou la simple musette
D'un soldat qui vieillit sous la tente des camps
Triste après nos revers, depuis longtemps muette
Ose pindariser
Pour vous offrir, madame,
Ce chant de l'oriflamme
Que l'aigle, de nouveau, vient d'immortaliser.

*
* *

Vétérans de l'honneur, des Bayard les émules,
Et vainqueurs par delà les Colonnes d'Hercule,
De vos drapeaux courbés sous le poids des lauriers
Suivez l'aigle, en son vol, ô valeureux guerriers.
Il trace dans les airs un sillon dont la flamme,
Signal de la victoire, embrasera votre âme
Si jamais la patrie, appelée aux combats,
Confiait ses destins à vos cent mille bras.

L'AIGLE

RENDU AU DRAPEAU FRANÇAIS

DÉCEMBRE 1852.

Bannières d'Austerlitz, d'Iéna, de Friedland,
Et d'Ulm et de Wagram, témoin de ces journées
D'immortel souvenir ; de l'aigle couronnées
Je revois vos couleurs, après trente-sept ans !
De tes foudres armé, plane sur nos drapeaux
Oiseau de Jupiter qui guidais nos phalanges
Quand cent peuples vaincus voyaient flotter leurs franges
Empreintes de leur gloire, au faîte des créneaux.

*
* *

Aigle tant souhaité, qui renais de tes cendres,
Toi qu'un prince au grand cœur vient enfin de nous rendre,
Nous déchirons le deuil sous lequel tu mourais,
Comme tu déchiras les pactes, les décrets
De ces rois acharnés à te faire la guerre,
Qui, dans Naples, à Vienne, à Lisbonne, à Berlin,
Vaincus et désarmés, subissant leur destin,
Furent anéantis par un coup de tonnerre.

Alors tu disposais, dans ton vol radieux,
Des trônes foudroyés sous le feu de tes yeux.
Le Kremlin s'écroulait sous ta puissante serre ;
Et Cadix, l'Andalouse, évitant tes regards
S'armait, les yeux baissés, derrière ses remparts,
Pour ne pas te céder l'autre bout de la terre.
Hélas ! tu disparus : la flamme et les frimas
Epuisèrent ton flanc bien plus que les combats.

*
* *

Noble fille des cieux, protége de tes ailes
La France destinée à des splendeurs nouvelles.
De ces guerriers fameux, qui chantent ton retour,
Vois les cheveux blanchis, compte les cicatrices.
Tous ces vieux compagnons, bénissant ton retour,
Sont prêts à s'imposer de nouveaux sacrifices
Pour fonder l'avenir qu'illustrera le nom
Du noble descendant du grand Napoléon.

BOUTADE HUMORISTIQUE.

Un commandant d'armée, au milieu de nous trône
Pour avoir fait sauter, dans les flots de la Saône,
Le pont de Pontailler... et tout cela pour rien ;
Car jamais vers ce pont n'apparut un prussien !

. . . .

       Ce parfait patriote.
       Potier assez savant,
         Me semble un Don Quichotte,
Prêt à voir l'ennemi dans tout moulin à vent.

. . . .

       Le nouveau chevalier
De la triste figure avait donc la berlue,
Quand pour de gros canons il prit une charrue
Que traînaient quatre bœufs sous le dard d'un bouvier !

A L'UNION

VERS A L'OCCASION DE LA SAINTE-CÉCILE, A PONTAILLER,

LE 22 NOVEMBRE 1869.

Oui, puisque je préside à la fête nouvelle,
De la froide raison je n'ai plus le pouvoir.
La gaité, le plaisir, le bonheur de vous voir
    Vont régner avec elle,
Et nos mains sans efforts se rencontrant ici
Diront qu'à nos devoirs nous n'avons pas failli.

Messieurs, que l'Union, des beaux jours messagère,
    Ajoute à ce bonheur
Celui d'embrasser tout musicien en frère.
Salut, ô Joliot* ! sage dispensateur
De nos communs plaisirs ; merci, belle jeunesse !
Je viens tremper mes ans dans vos flots d'allégresse ;
Et pour bien commencer, dès l'abord je vous dis,
Comme au temps si joyeux où tout m'était permis,
Laissons derrière nous les chagrins et les veilles ;
Que la raison, ce soir, dorme au fond des bouteilles ;

* Directeur de la Société musicale de Pontailler.

Que le ciel, s'il le veut, pompe et boive de l'eau.
Pour nous, simples mortels, épuisons le tonneau,
Non pas certainement celui des Danaïdes,
Nous n'en sommes ici que faiblement avides ;
Mais celui du Vougeot, dont nous sommes si fiers :
        Et prouvons à l'univers
      Qu'il nous appartient d'être dignes
      Des riches trésors de nos vignes
   En savourant ces vins de haute qualité
Que pour les bourguignons Dieu fit dans sa bonté.
Qu'assistant à nos jeux, se taisent les critiques,
Et qu'ils rendent hommage à nos accents lyriques
Dont le souffle puissant anime la cité !
Il attendrit l'airain ; il réveille les âmes
Au fond de leurs tombeaux ; et sur vos oriflammes
On lit, en lettres d'or, amour, fraternité !
O chant rempli d'attraits, note-tendre et magique
D'un ange dans les cieux ! qu'il est doux ton cantique,
Cécile, pour nos cœurs ! Concorde, notre but,
Ne t'éloigne jamais... soit en sol, soit en ut
      Donne-nous la victoire !
      Et pourquoi n'y pas croire ?
Protégés en ce lieu par un sage pasteur
Qui se plaît à nous voir te fêter, sainte fille,
Le ciel qui nous sourit apaise sa rigueur :
Grâce à lui, tout concourt au plaisir de la ville.
Saisissons ce moment ; aimons en tous les tons,
En sol tout comme en ut ; amusons-nous, chantons ;
Et, dans un doux lien, servons sans fâcherie
     L'honneur et la patrie.

*
* *

Messieurs, en terminant cette allocution,
A vous tous je propose
Un toast à l'Union ;
Et j'ajoute ceci : qu'on boive à forte dose !
Oui, boire à forte dose ; et, noyant le chagrin,
Voir tout couleur de rose avec le jus divin.
Vive donc l'Union ! que chaque jour heureuse,
Jamais note douteuse
Trahissant notre luth,
Nouvelle ou bien ancienne,
En sol, et même en ut,
Près de nous ne parvienne
Par des sons discordants
A désunir vos rangs.

*
* *

Et toi, Sainte-Cécile,
Que j'implore à mon tour, comprends dans les leçons
De ton art qni ravit, ces charmantes chansons
De notre Côte-d'Or : mais aux champs, à la ville,
Veille à ne recruter pour élève mignon
Qu'un chantre bourguignon.

MISANTHROPIE.

Corrompue au cœur, l'espèce humaine
N'attire que mépris et que haine.
Il n'est plus autour de moi d'honneur,
Et je vois ce monde avec horreur !
Heureux ceux morts à la fleur de l'âge ;
Ils n'ont pas appris, dans leur passage
Sur cette terre, à douter de tout,
A ne voir l'homme qu'avec dégoût !

*
* *

Félicité passée
Que je ne dois revoir,
Tes reflets au miroir
De ma triste pensée
Ont déchiré mon cœur !
A jamais effacée,
Retire-toi, pensée ;
Pour moi tu n'es que douleur.

.·.

Je vois finir les ans
Que le destin me laisse,
Et nul consolateur
Ne plaindra mon malheur !

.·.

A mon heure dernière
Nul baiser, nulle main
Ne clora ma paupière !
Et, dès le lendemain,
Sur l'éternel pavot
Ni larme, ni sanglot !!!
Le seul qui m'approchera,
De la mort pourvoyeur,
A l'oreille me dira :
Je suis le fossoyeur !

A Madame Aie D.

———

Vous vîntes sur nos bords inconnus
Où l'enjouement, l'esprit et la grâce
    Sont rarement venus.
Comme vous, l'étoile dans sa trace
Au ciel d'azur jette un nouveau jour ;
    Mais elle a son retour.
Plus longtemps que vous sur cette rive,
Où j'aurais voulu vous voir captive,
    Elle apparaît le soir ;
Et vous partez sans laisser l'espoir
De jamais être pour nous, comme elle,
    Au doux retour fidèle.
Vous vîntes, ramenant le plaisir ;
Vous vîntes... pourquoi si tôt partir !
    C'est que dans notre vie
    Rarement embellie,

Plus les plaisirs sont doux,
Moins ils ont de durée ;
Aussi, bien peu vers nous
Vous êtes demeurée !
Mais ce qui ne pourra nous faillir,
Et s'enfuir avec votre personne,
C'est l'inaltérable souvenir
De l'invincible attrait que vous donne
De votre port la distinction,
Du beau parler la séduction,
Le goût exquis de votre parure,
La plus heureuse désinvolture,
Et ce doux charme de l'esprit,
Trésor qui jamais ne périt.

BOUTS RIMÉS

SUR LES MOTS : RIDEAU, FARDEAU, FLORE.

Sous cet heureux rideau,
Où l'amour parsema tous les bouquets de flore ;
Je voudrais près de vous, ô tout aimable Isaure,
De mes tristes pensers oublier le fardeau.

LE THÉ

FANTAISIE.

Isa, la toute bonne,
Qui sourit et qui donne !
De votre bonté
Qui jamais ne se lasse,
Je réclame une tasse
De votre bon Thé.

Tout se perd et se passe,
Si n'est votre bonté
Qui nous offre une place
A la table où chacun
Vient goûter le parfum
De votre bon Thé.

A votre bonté,
Vous joignez tant de grâce,
Je l'ose publier,
Que tout mal elle efface,
Et nous fait oublier
Jusqu'à votre bon Thé.

LOGOGRIPHE.

Je suis une décrépite,
D'un visage repoussant,
Mal bâtie et qu'évite
De me voir maint passant.

. . . .

En mon sein délabré je renferme la ruse ;
La rame du bateau
Qui fait courir sur l'eau
L'enfance qui s'amuse ;
Le fruit qu'en un buisson
Vient chercher le pinson ;
Le nom que dans la Grêce on donnait aux princesses
Régnant sur l'Hélicon, et protégeant les arts ;
Le mur, tout mis en pièces,
Où grimpent les lézards ;

Un lieu de surveillance
Où se met à l'affût,
Pour venger une offense,
Un gredin de rebut ;
Des cartes la figure,
Toujours de bonne augure,
Dont il nous faut beaucoup
Pour bien jouer un coup.
Enfin le nom fameux de cette nation
Qui sans cesse au combat, régnant sur les Espagnes,
Leur apporta les arts, les sciences, compagnes
Des temps heureux de la civilisation.

COUPLETS

CHANTÉS LE JOUR DES ROIS

CHEZ M. MARTENET, A PONTAILLER, 1852.

———

I.

Jadis on tirait les Rois,
C'était amusant, ma foi.
On trônait de par la fêve ;
On régnait sur des amis.
C'est le sceptre que je rêve
Quand nous sommes réunis. (3 *fois.*)

II.

Quand nous sommes réunis,
Ah qu'il est beau mon royaume !
Pour mes sujets point d'ennuis ;
Car je serai roi bon homme
De la fève ou du haricot,
Comme le roi d'Yvetot. (3 *fois.*)

III.

Mais, bien que roi d'Yvetot,
De Martenet la famille
En amie avec moi brille,
C'est pour mon cœur le gros lot ;
Et volontiers j'abandonne
Pour son baiser ma couronne. (3 *fois.*)

IV.

Un baiser n'est pas assez
Pour fillettes joliettes.
Approchez donc, mes sujettes,
Et dans mon verre versez
Du champagne à votre Roi,
Qui n'entend pas rester coi. (3 *fois.*)

V.

Devenu simple mortel,
Pour prix de ma déchéance
Après ma lune de miel
J'envie une récompense ;
Venez, bons amis, chez moi
Je vous y ferai tous Roi. (3 *fois.*)

VI.

Je vous y ferai tous Roi
Sans haricot, mais pour moi ;
Plus encor, pour vos étrennes
Je vous donnerai des Reines !
Et, pour compléter le don,
Je fais truffer un dindon. (3 *fois.*)

VII.

C'est vraiment, pour la saison,
Un manger fort délectable,
Que vous offrira ma table
Où, gris vous serez, je crois,
Et crierez plus de cent fois,
Le Roi boit, boit, boit, boit, boit ! (3 *fois.*)

CHARADE.

Par mon premier toujours j'attache ;
Et mon dernier, en faisant tache,
De mon entier souvent détache.

IMPROMPTU

A MADAME DE B***

Chante, Isabelle, toi qui sais charmer la vie ;
Avec ta lyre d'or soutiens ta mélodie,
    Chante encore et toujours !

    . . . .

    Ta voix naïve et pure
    Appelle le retour
    Des fleurs dont la parure
    Embellit le printemps
    Qui, se hâtant de naître
    A de si doux accents,
    Va faire reparaître
    Philomèle en nos bois,

    . . . .

    Pour imiter ta voix.

CHARADE.

Mon premier me nourit,
Mon second me rôtit,
Et mon entier sourit
A l'amour, au plaisir, aux doux jeux de l'esprit.

UNE LARME DU SAULE

A FLORA.

Le saule penche ; il pleure et meurt laissant tremper
Sa longue chevelure sur le discret rivage
Où l'onde qui l'agite, avant de s'échapper
Mêle à ses flots sa larme, et, fuyant son ombrage,
N'en laisse à ses regards trace ni souvenir.
Ici, sur cette plage, où je me sens mourir,
J'ai ma larme aussi bien que le saule : et ma plainte
Qui fatigue Flora, sans attendrir son cœur,
Se perd au gré du vent... ne laisse aucune empreinte.

. . . .

Du saule j'ai le sort ; car chaque jour ses pleurs
Emportés et fondus dans l'onde fugitive
Sont comme mes soupirs inconnus à la rive.

IMPROMPTU

A MADAME MARTENET

A L'OCCASION DE L'ENTRÉE DES PRUSSIENS A PONTAILLER.

———

A l'heure du désastre et de l'âpre détresse
De notre cher pays, moi, qui dans la faiblesse
Qu'apportent et les ans et les peines du cœur
Ne voyais dans nos murs qu'épouvante et terreur,
       Je trouvai raffermie
Ma constance et ma foi par les soins d'une amie
En crainte pour mes jours, et, d'un tel dévouement,
Qu'elle quittait alors les lieux où son enfant
       Disputait à la guerre,
Dans toute sa fureur, le toit héréditaire.
. . . .
Qu'elle entende ici, non la simple expression,
       Trop faible pour mon crayon,
De ma reconnaissance heureuse mille fois ;
Mais ce qu'un tendre cœur exprime par ma voix.

LOGOGRIPHE.

De Pomone et de Flore
Je vous offre à pleins bords
Ces précieux trésors
Avec peine échappés aux baisers de l'aurore
Dont le parfum suave au marché dure encore.
Mais plus tard, vers le soir,
Si vous venez me voir,
Sur la table d'ouvrage
A d'autres soins je sers.
Plus n'ai de pampres verts,
Plus de fruits, de feuillage,
Plus de fleurs en partage.
Alors je ne contiens
Que de ces charmants riens,
Tels que rubans, festons et gazes d'Italie,
Plumes et falbalas, qu'une main assouplie,
Chiffonnant avec goût,
Sait imiter partout.

Mais, ô métamorphose !
Plus de fruit, de parfum, plus d'œillet ni de rose ;
Et, pour vous consoler,
Je ne puis, à regret, en place vous montrer
Qu'une oreille que casse
Le bruit d'un cor de chasse ;
La bille, qu'au billard
Dirigée avec art,
On voit gagner la poule
Aux bravos de la foule ;
Un roc,
Un broc
Qui pour rime dernière
Sera rempli de bière.

ÉNIGME.

Vous êtes ce que j'aime ;
Vous avez ses appas
Et cependant de même
Je ne vous aime pas :
Car, bien qu'en tout parfaite,
Plus vous m'appartenez, et plus je me souhaite,
Sans feinte et sans détour,
Avec vous un beau jour.

CHARADE

AVANT-PROPOS.

Mes vers sont négligés
Si bien, que, sans les lire
Aux lieux vous les rangez ;
Je ne puis y redire.
Ces enfants de la nuit,
Qui sont mon seul produit,
Arrivés de la nue,
Je veux bien qu'on les hue.

.
* *

Que Faublas est charmant
Avecque ses charades !
De pareilles tirades
Ne vont qu'à cet amant
Pour sa petite folle
Comtesse de Lignolle.

* *

Charade en action
Charme de la jeunesse,
Je n'ai prétention
D'en faire à ma maîtresse ;
Car, aujourd'hui, mon tout
Qui n'est qu'un rien du tout,
Doit se réduire à faire
Charade sur les mots,
Plus souvent à se taire
En son réduit bien clos.
Pourtant, je me hasarde,
Et prends la plume en main.
Allons ; qu'on me bombarde
Du soir au lendemain,
Parce que ma charade
N'a pas le sens commun ;
Je reçois la bourrade
Voire même d'aucun
Qui de toute sa vie
N'en fit une jolie.
    Or, amis,
    La voici.

*
* *

Hi, charretier !
Ton cri grossier
De mon entier
Est le premier.
Demande-t-on
Qu'est mon second ?
Ce n'est qu'un rond.
Mais mon troisième,
Ce que tant j'aime
Du fond du cœur,
Je vous dis que c'est elle,
En montrant la plus belle
Au lecteur,
Qui s'il n'est fin chasseur,
N'ajustera
Du bout
De son fusil
Mon tout
Aussi subtil
Qu'il est gentil.

SUR L'ENVOI D'UNE ÉTAGÈRE

POUR PLACER DES LIVRES AVANT DE S'ENDORMIR.

O vous, chanson légère
Que sur cette étagère
Où clandestinement je plaçai mon écrit
Au rêve de mon cœur préparant son esprit ;
Doux chant de poésie
Précédez son sommeil !
Que votre mélodie,
Au lever du soleil
Se mêlant aux accords que fait vibrer ma lyre,
Détourne les pavots
De ses yeux demi-clos ;
Et qu'émouvant sa lèvre, un gracieux sourire,
Qui plairait dans le ciel,
Annonce son réveil.

CHARADE.

La première syllabe
De mon tout dissyllabe
Vous montre au pied des monts, sous le ciel le plus beau,
La charmante cité dont l'antique château
Vit la joyeuse enfance
D'un prince grand guerrier et futur roi de France.

L'autre, dans un cours d'eau
Va dépouiller sa peau
Pour orner de dentelles
Les atours favoris
De mainte et mainte belle,
En dépit des maris.

Peu soigneux de mon tout,
En plus d'une bataille
J'ai joué mon va-tout :
A présent je rimaille
Pour ton plus grand malheur,
O mon pauvre lecteur !

A MADAME ISABELLE

SUR L'ENVOI D'UNE COURONNE DE PAIN

AU MOMENT DE L'INVASION, 1870.

Dans ce temps fatal, terrible et maudit
    Où la main du bandit
    Brûle les madones,
    Brise les couronnes ;
Celles qu'à vos amis vous donnez pour dîner,
    D'une forme élégante,
A la pâte dorée, exquise et bienfaisante
Et qui font supporter les maux de l'étranger,
    Leur rendent la force et la vie.
    Pour moi, je les en remercie.
    Nobles couronnes de laurier
    Et du poète, et du guerrier,
    Couronnes d'or à perles fines
    Sont lourdes couronnes d'épines ;
La vôtre brille à l'œil, elle flatte mon goût
Et pour me plaire enfin, elle possède tout.

A MADAME F. M.

CHARADE

Encore une charade !
Vous en serez malade ;
Mais quand je rime mal
En vous offrant mon petit madrigal,
De ces méchants vers vous êtes la cause :
Or ; de la charmante réunion
D'une note et d'une négation
Mon ravissant entier se compose.
Si deviner ne peux
Le mot que je propose,
Chère dame, je veux
Te faire voir la chose
Qui le mieux le dépeint ;

. . . .

C'est la naissante rose
Sur laquelle est éclose
La douceur de ton teint.

VERS

A L'OCCASION DE LA SAINT-ANTOINE

FÊTE DE M. LE GRAND PRIEUR N.,

CHANTÉS AU PRIEURÉ DE PONTAILLER.

Amis, je vous le dis
A cette table assis ;
Ce n'était qu'une couenne,
Jadis, le saint Antoine
Qui, par religion,
Fuyant la tentation
De l'amour d'une femme,
Evitant les plaisirs,
Comprimait ses désirs ;
Croyait sauver son âme
Et narguer le démon
En n'aimant qu'un cochon
Qui, pendant une lieue,
En tortillant sa queue,
L'eut sur son dos porté
De gorets escorté.
Oh ! c'est bien autre chose
Celui que nous fêtons.
Antoine aime la rose
Et cueille ses boutons.

Il aime aussi la table
Et la joie et le vin
Et le propos aimable :
Son babil est sans fin.
L'habit ne fait pas le moine
Comme l'on dit souvent ;
Et, notre cher Antoine,
Si jamais du couvent
Il avait fantaisie
De s'affubler du froc,
D'être dur comme un roc,
Par pure hypocrisie
D'imiter le Messie
Et de faire semblant,
En buvant le vin blanc,
De boire de l'eau claire
Ou d'insipide bière,
On pourrait, sans chercher, lui montrer maint accroc
Des doigts du vaillant coq
Fait à la collerette
De simple bergerette
Qui, sous le capuchon
Du maître barbichon,
En place de cilice,
Sut trouver blanche et lisse
La peau d'un corps gentil,
Fringant et juvénil.

BOUTS RIMÉS

SUR LES MOTS : FLORE, FLAMBEAU, AURORE, ORMEAU.

Quand ma jeune maîtresse, aux plus beaux jours de Flore,
De l'amour en mon cœur ralluma le Flambeau,
     Toujours avant l'Aurore
J'étais au rendez-vous, le premier, sous l'Ormeau.

CHARADE.

———

Afin de nous mettre d'accord
Mon premier vibre tout d'abord :
De mon second la cime attire à lui la nue,
Et son corps sur la mer flotte à perte de vue,
Sachez enfin que mon tout
Agile par dessus tout,
Plus d'une fois dans la plaine
Au chasseur fit perdre haleine.

INVITATION A DINER

A Mme M.

Lorsqu'on veut, chère madame,
Vous faire accepter un dîner
Où l'amitié vous réclame,
Mais hors des murs de Pontailler,
Il faut employer des moyens divers :

    . . . .
    Essayons des vers.

    . . . . . .
    Le général prie,
    Au besoin supplie
    Madame Fanny,
    Martenet aussi
    De s'en venir faire
    Chez lui maigre chère
    Le février lundi,
    Troisième du dit.
    Il attend la réponse
    Qui gentiment annonce
    Comme un très-grand bienfait
    Que ce dîner leur plaît.

CHARADE.

—

Mon premier est rampant
Et mon second s'élève ;
Quand mon entier se prend
La raison il enlève.

CHARADE.

Je suis content de voir la perdrix qui rôtit
Fumer dans mon premier, quand j'ai bon appétit.
      Mon second très-modeste,
      Heureux de son destin,
      Broute la plaine agreste
      Qu'il trouve en son chemin.
Mon tout majestueux, sous un discret feuillage
Reçoit d'un tendre amour souvent le premier gage.

CHARADE.

Vert est mon premier,
Bleu est mon dernier
Mon tout est précieux, comme l'ami sincère
Si rare en cette terre.

CHARADE.

Mon premier, en ma vie, est toujours de vous plaire ;
Votre cœur généreux, en bienfaits si fécond
        Prodigue mon second ;
On évite mon tout ; rien de mieux n'est à faire.

SUR LE FAUST DE GOETHE.

Je vous rends Faust ! que j'eus besoin de patience
Pour lire du démon les cyniques discours,
Et de son écolier les funestes amours !
D'en comprendre l'auteur, je n'ai pas la science :
Son Méphistophélès et son pied de cheval
Furent toujours, pour moi, farces de carnaval.
Son fatras indigeste, mêlant le moyen-âge
Avec les anciens temps, n'est qu'un long bavardage
Qui choque ma raison, et, m'accablant d'ennui,
M'apporte le sommeil qui dès longtemps m'a fui.
Là, mon esprit s'égare au milieu du dédale
Qui me fait voir ensemble Astarot et Pharsale.

      Les merveilles hideuses
      Dont ses écrits sont pleins,
      Ses sirènes menteuses
      Qui découvrent leurs seins
      Et respirent la haine,
      Ne sont qu'œuvre mal saine.

Mais mon cœur se révolte et, glacé, plus ne bat
A l'instant où je vois la pauvre Marguerite
Faire don de sa fleur, sous le toit qui l'abrite,
Au damné séducteur évoquant le sabbat
Aux lueurs de l'enfer. Ses visions magiques,
Leur fantasque appareil, ses rires satyriques
Et sa cour de débauche où va s'encanailler
Son héros, en signant de son sang un papier,
Ne m'offrent que dégoût. Oui, dans son ironie,
Le matérialiste a passé l'idéal
De la perversité, en se riant du mal
Avec autant d'esprit que de forfanterie.

LOGOGRIPHE.

Dans mon flot qui féconde,
Le crocodille abonde,
Je deviens un pronom
Si dans ce jeu d'esprit, tu supprimes ma tête.
Mais en si beau chemin, ma foi je ne m'arrête :
Je suis négation
Si tu coupes ma queue image de la lettre
Que trace sur le papier
Le plus novice écolier,
Bref, pour t'aider encor, piocheur opiniâtre
A savoir qui je suis, renverse-moi sans peur,
Et j'obtiens à l'instant l'ineffable faveur
De couvrir des appas aussi blancs que l'albâtre.

INFLUENCE DU PRINTEMPS.

Vainqueur de l'aquilon
Lorsqu'au printemps revient doux zéphir au vallon,
Mille jeunes pensées
De plaisir, de bonheur
Dans mes joies insensées
S'élèvent dans mon cœur
Comme aux riants bosquets de l'île de Cythère.

SAINT-LÉGER.

———

Demeure solitaire,
Tranquille Saint-Léger
Si frais, si bocager !
De mon heure dernière
A grands pas approchant
A toi je me confie ; écoute encor le chant
De douleur et de plainte
Dont mon âme est empreinte.

DON D'UNE BAGUE.

Accepte ce bijou qui n'a rien de brillant :
Il est vrai que sa grâce est toute sa parure,
Mais l'art de bien l'orner embellit la nature.
Un cercle d'or ajoute au feu du diamant.

POUR UNE INVITATION A DINER

ADRESSÉE A MADAME A. N.

Comment par l'affreux temps qui dure,
Par le spleen qui règne à Saint-Léger
Ne pas arriver en voiture
Pour porter un bonheur passager
  A l'ermite
  Qui l'habite?
 Il demande à l'amitié,
 Si la vôtre est la moitié
De celle qu'il ressent pour vous,
Qu'Augusta jointe à son époux
Veuille lui donner quelques heures,
Qui du jour seront les meilleures,
  Si son projet hardi
  De dîner trois ensemble
  Par eux n'est contredit.

Aga, que vous en semble ?
Est-il vrai ? votre cœur
Dit-il pour mon bonheur,
u'il ne repousse pas ma timide demande !
S'il en était ainsi,
Je vous le jure ici,
abjure mon erreur et brûle la légende
ù j'ai dit : « l'Amitié dans un monde élégant
Bien souvent n'est, pour moi, qu'un mensonge obligeant. »

CHARADE.

Mon premier vient de loin
Et dans un beau coffret on l'enferme avec soin.
Mon second, qui pétille,
Mollets et tibias par trop souvent me grille.
Le public à mon tout, pour de mauvais couplets
Répond par des sifflets.

LOGOGRIPHE.

On m'aperçoit encore autour de maintes villes
    Dont je fus le sauveur
    Et parfois la terreur ;
Mais victime du sort, des discordes civiles
Des siècles précédents et de vils intérêts,
Réduite à figurer sur le bord de nos rues
Couverte de placards, d'avis et de décrets,
De proclamations, d'annonces biscornues,
    Chez moi que pouvez-vous trouver ?
Un moyen de voguer dans les airs, de planer :
    Puis cette gousse, qui pour l'un
    Pue, et pour l'autre est un parfum ;
      Ce qui donne passage
      Au fou tout comme au sage ;
      Le nom d'un laid poisson
      Que certains trouvent bon ;
    Des vieux guerriers l'armure
Qui pour eux fut toujours la plus belle parure ;
      Ce qui clôt un jardin
      Convoité du gamin ;

Pour faire son étape
La monture du pape ;
La goutte amère ou douce, effluve du bonheur
Ou du chagrin du cœur ;
Un lieu rempli de boue
Où le pourceau se joue.
Aux mères, un nom cher, accompagnant leurs vœux
Pour les faire agréer au grand maître des cieux.
Ce qui parfois dans un bas s'échappe
Et qu'une aiguille adroite rattrape ;
Le nom d'un instrument
Qui polit finement ;
Le mot qu'il est d'usage
D'ajouter au mot lune, après le mariage ;
L'équivalent de dix suivi de deux zéros,
Précédant volontiers les francs dans les tripots.
Un lieu dont l'entourage
Se parcourt à la nage ;
L'affreux cri de la mort
Qui du fleuve Léthé nous fait franchir le bord ;
Enfin, mon cher lecteur, il faut bien vous le dire,
Ce qui tout près d'un lit
M'est toujours interdit.
. . . .

Je ne dis plus qu'un mot, et, pour finir d'écrire,
Vous trouverez celui que je cache si mal
Dans le vers ci-dessus si mal fait, si bannal.

A MADAME A. C.

A DOLE

POUR LUI RAPPELER LA PROMESSE QU'ELLE LUI AVAIT FAITE

DE PASSER UNE JOURNÉE A SAINT-LÉGER.

Madame, les beaux jours
Seraient plus doux encore ;
Mes fleurs dans leurs atours
Qu'un doux soleil colore,
L'ombrage de nos bois,
Leur naïade amoureuse
Qui transmet à l'écho, du rossignol la voix
Vibrante, harmonieuse ;
Madame, tous ces dons d'un printemps radieux
Que mieux qu'un autre j'aime,
Plairaient plus à mes yeux
Si bientôt, par vous-même,
Augmentant leur éclat,

De sa trace légère
Votre pied délicat
Laissait sur cette terre
Du nom de Saint-Léger, l'empreinte de vos pas.

. . . . . .

Heureux du souvenir d'une aimable promesse,
Mes jours remplis d'espoir s'écoulent en liesse.....
Si, ne l'oubliez pas !
Et la tiendrez malgré l'ambitieux message
Du plus simple mortel
Qui trop présomptueux se permet un langage
Indigne de l'autel,
Où votre main de fée
Euterpe glorifie, en émule d'Orphée.

. . . . . .

Mais parlons simplement
Et non moins franchement.
De la hauteur sacrée
Descendons vers le Doubs,
Sur la rive fleurie
De ce riant vallon
Emu de votre grâce, et de vos chants plus doux,
Dans leur tendre harmonie,
Que les vers d'Apollon.

. . . . . .

Ecoutez à présent, d'un pauvre solitaire
La présente requête en la forme vulgaire.
Mais à me l'accorder, n'allez pas tarder trop.

Dites-moi la semaine
Et le jour préféré qui chez moi vous amène ;
Car, sans cette faveur, je courrais au galop,
Dans mon impatience
Supprimant la distance
De l'Albane à la Saône,
M'abattre sur la zône
De votre région
Pour devancer le jour de la réunion
Qui par votre entremise
Fera de Saint-Léger une terre promise.

INVOCATION.

Divine poésie
Fleur éclose de l'âme
Au matin de la vie !
Songe, et première flamme
Que les dieux immortels
Aiment à voir, des cieux, briller sur leurs autels !
Pourquoi ne puis-je m'enivrer
De l'encens qu'une ardeur fébrile
Voudrait vers toi faire monter,
Mais que trahit ma main débile !
Mes vers sont sans mesure, et n'ont point d'harmonie !
Adieu gloire et bonheur
Qui rempliriez mon cœur
Si j'eusse été poëte une fois dans ma vie.

VERS ACROSTICHES.

————

I l faut se transformer en un autre moi même,

S i l'on veut vous aimer

A utant que je vous aime ;

B raver tous les périls pour mieux vous l'exprimer,

E t toujours sous vos pas trouvant les dons de flore

L entement échappés de la main de l'aurore,

L es tresser de mes doigts en couronne, et venir

E n tout temps sous vos yeux, y voir un souvenir.

LE CRÉPUSCULE.

La brise agite l'air, le peuplier frissonne
      Aux derniers feux du jour.
Le troupeau rentre au chaume et la prière sonne.
L'oiselet du printemps, des chants de son amour,
      Merveille de langage,
Réveille les échos assoupis au bocage
      Quand tout va s'endormir
Héros, peuples et rois conquérants de la terre,
      Hors l'enfant de Cythère
      Invitant au plaisir.

LE DÉPART.

Du sommet de la vie
Je descends à grands pas cette pente de l'âge
Où l'on voit la folie
Rire de l'avenir et des conseils du sage.
Rire quand on s'en va,
C'est bien
Pour celui qui n'aima
Rien.

VERS ACROSTICHES.

M édecin philosophe, aimable discoureur,

A mant des libertés que proclame le sage,

R igide avec la loi dont tu prescris l'usage,

T n n'es plus que bonté dès qu'on parle à ton cœur.

E ncore bien des ans ta vie est nécessaire !

N e t'en vas que bien tard ; car, pour l'humanité

E t l'art qui fait ta gloire et ta célébrité,

T u la dois prolonger et vivre centenaire.

VERS ACROSTICHES.

E n griffonnant un acte et rêvant à sa muse,
M aître-ès-arts, mon notaire est ma foi très-adroit ;
I l gagne de l'argent et de plus il s'amuse !
L e jour il fait des vers ou compulse le droit,
E t dans son droit, la nuit, il caresse autre chose !

C 'est, dit-on, le satin qui s'unit à la rose !
O h ! bien heureux seigneur
T oujours, partout vainqueur.......
E tonnant assemblage ! on le voit à Cythère
Z éphyr léger, poète ; et cependant... notaire !

SALUT AU QUADRILATÈRE.

Trop fier quadrilatère
Qui défiais la guerre !
Rêverie allemande où l'Autriche aux abois,
Expiant la folie
De vouer à son joug l'héroïque Italie,
Bientôt sera vaincue une septième fois ;
Inutile barrière
En ta lutte dernière,
Toi, qui jadis ne pus dans tes lignes sauver
Le grand tacticien, le tudesque Wurmser !
Hérisse de canons tes quatre forteresses,
Rassemble sous leurs murs tes meilleurs généraux,
Tes plus vaillants soldats et tes foudres nouveaux :
Que pour mieux te soustraire à nos mains vengeresses,
Le Mincio, l'Adige affrontant toute atteinte
Roulent en furieux au pied de ton enceinte.

Montre folle d'orgueil tes braves bataillons,
Tes cavaliers hardis, dont tu couvres les plaines
De la rive du Pô jusqu'au sommet des monts
Du peuple inoffensif dont tu rives les chaînes.
Mais déjà des Français l'irrésistible élan
Des chefs autrichiens a rompu les phalanges ;
Montebello, Milan, Magenta, Marignan
Ont été vus couverts de leurs sanglantes langes
On dit que Joseph deux est en pleine déroute.

. . . . . .

Quadrilatère écoute....

. . . . . .

N'entends-tu pas l'écho
De ce canon qui tonne !... ah ? c'est Solférino.....

MONORIME SUR LE NOM ISABELLE.

———

Voici sur votre nom d'Isabelle
Un monorime, une bagatelle
Qui bien que fort rebelle
Au rythme, à la voyelle,
Cependant me rappelle
Le souvenir de celle
Dont le portrait, modèle
De l'amitié fidèle,
Ne se trouve qu'en elle

. . . . . .

N'écoutant qu'un sot zèle
Que l'acrostiche appelle,
Hier fis, toute nouvelle,
Cette œuvre telle quelle...
Oh! piteuse haridelle
A quel char je m'atelle !
Q'on me mette en tutelle,
Vu cette péronelle
Et toute sa séquelle
Qui ma tête martelle.

Son problème ensorcelle
La plus docte pucelle.
Dans ses fleurs il recèle
Une vive querelle
Qu'à vos yeux je révèle
Et qu'à bon droit flagelle
Votre esprit, Isabelle.
Pourtant dans ce libelle
Contre la criminelle,
Convenons qu'elle excelle
A dire une parcelle
De la grâce éternelle
Au moyen de laquelle
Vous êtes, Isabelle,
Après ces kyrielles
Toujours la préférée au milieu des plus belles.

IMPROMPTU

Tyrza, le savez-vous ?
Qu'il n'est pas de plaisir plus doux
Que celui que j'éprouve
Lorsqu'enfin je me trouve
Au milieu de ces fous,
Tout seul auprès de vous.

SUR L'ÉNIGME.

L'énigme est un pur jeu
Je vous en fais l'aveu :
Mais d'un amusement, qui nous semble futile,
Il peut sortir parfois une pensée utile.

SUR VENISE.

Venise, autrefois reine des mers,
La reine des mers a cessé d'être !
Tu vainquis.... et tu portes des fers,
Victime du plus odieux maître
Ta gloire et tes exploits ne pourront plus renaître.

A UNE AMIE DE MA FEMME.

Je vous écris non loin des fleurs que je cultive
Dans cette solitude où la foi la plus vive,
D'un ange confia les restes précieux :
Ils parlent à mon cœur, et font pleurer mes yeux !

SUR UN BOUQUET DE VIOLETTES

ENVOYÉ A MADAME F. M.

———

Au retour du zéphir, sous le premier brin d'herbe.
Croît suave et jolie une modeste fleur.
A ces trois qualités, reconnaissez la sœur
Qui vient s'unir à vous sur la foi du proverbe
   En crédit,
   Qui nous dit :
   Se ressemble
   Qui s'assemble.

A L'OCCASION DE L'ENVOI DES CORNES

DU CHEVREUIL BIBI

MONTÉES EN COUTEAUX

A L'USAGE DE M. ET Mme * * *

Couple heureux et fidèle,
Dans cette bagatelle
Protégez l'impromptu
D'un sujet rebàttu.
N'y cherchez poésie,
Mais bien la fantaisie
De vous voir faire accueil
Aux cornes d'un chevreuil.

. . . . . .

Dans un monde vulgaire
Les cornes font horreur.
Pour tel grand dignitaire
C'est signe de malheur.
Mais vous que ce présage

Ne·saurait émouvoir,
Voulez-vous en avoir
Deux en votre ménage ?
J'y consens et voici
Les cornes de Bibi
Qui, jadis peu méchantes,
Pour servir de couteaux
Et former deux cadeaux
Vont devenir tranchantes.

. . . .

De jamais faire mal
Je les crois incapables ;
Cependant écoutez un conseil amical ;
Ne les faites jamais porter que sur vos tables.

A MADAME LA M^{ise} D^t

EN QUITTANT AIX-LES-BAINS.

Je rends grâce, Madame, à mon heureux destin
Qui vous fit aux bains d'Aix trouver sur mon chemin ;
Oui, dès ce jour fixé dans ma pensée
Votre doux souvenir
Vivifiera, bienfaisante rosée,
Mon fragile avenir.

AUX DEUX SŒURS

SUZETTE ET FANNY GALVANI

DE CONSTANTINOPLE

(SOUVENIR D'AIX-LES-BAINS).

Vous voir, c'est subir le plus doux attrait,
Ne plus vous voir, est bien plus qu'un regret.

BON AN

AU COMMANDANT M...

Frédéric, bonne année
A toute ta maison.
Bien que cette façon
Tant soit peu surannée
Pour maint homme d'esprit
Ait perdu son crédit,
J'aime mieux être bête,
Devenir grand enfant
Et me faire une fête
Du premier jour de l'an.

SOUHAIT

ADRESSÉ A Mlle M. M.

———

A votre âge, au début de la vie,
Comme l'oiseau sorti de son nid
Ouvre ses ailes, chante et sourit,
Dieu veuille bel enfant que le ciel nous envie,
Qu'une larme jamais dans vos yeux
N'attriste vos jours purs et joyeux !
Qu'en des rêves charmants la nuit les favorise
Et qu'à votre réveil le jour les réalise !

PENSÉE.

Les hommes positifs estiment peu les vers,
Entendent peu la rime, et, sourds à la cadence,
    Leurs yeux tous grands ouverts
Entre esprit et raison ne voient pas d'alliance.

LE CACHE-NEZ.

Martenet, je vous donne
Un douillet cache-nez
Afin que son tissu votre nez emprisonne.
Par ces froids rigoureux avec lui cheminez,
Et soignez ce nasus, car vous savez l'adage
Qui dit : jamais grand nez ne gâta beau visage.

A M. BERNARD

SUPÉRIEUR DU COLLÉGE D'AUXONNE

EN RÉPONSE A L'ENVOI DE SES MÉDITATIONS.

J'ai plusieurs fois relu, dans mes loisirs divers,
Vos méditations en de faciles vers.
De concert avec vous au loin j'ai voyagé,
Vos strophes à la main, autour de votre chambre
Où malade pendant tout le mois de septembre
Vous épuisiez au lit les jours d'un long congé.
Vous lire ne suffit ; il vaut mieux vous entendre
Conter vos passe-temps ; et j'aurais bien voulu
Moi, le vieux écolier, devenir votre élu,
Ecouter vos récits. Lorsqu'on veut bien apprendre
Les usages, les mœurs de tant de nations,
Que vous peignez si bien dans vos narrations,
Il faut tenir chez vous en son docte langage
   La parole du sage.
Mais quittons ces hauteurs : je ne sais rien de tel
Que de s'entretenir en style naturel.
Quand vous fîtes vos vers, j'étais à Champagnolles
Où s'ébat le plaisir, d'où le plaisir s'envole,

Où l'on voit réunis
Dans un parfait accord, en un cercle d'amis,
La grâce avec l'esprit, la bonté familière
Qui me font tant aimer sa rive hospitalière.
C'est la raison qui fait que prosaïquement,
Je vous adresse ici mon tardif compliment,
    En vous priant, mon maître,
    De vouloir toujours être
    Mon guide, mon mentor,
Car c'est sur vos avis que j'ai pris mon essor,
    Et dont parfois j'abuse
En faisant des emprunts à votre riche muse :
    Néanmoins aujourd'hui
De nouveau je réclame un si puissant appui.

. . . .

Voici des vers encore : je ne saurais me taire
Quand l'Italie émue, aux cris de liberté
Voit finir les longs jours de sa captivité.
Veuillez donc me donner vos utiles leçons,
Armez-vous du scapel d'un critique sévère ;
Dites-moi que rimer c'est suivre une chimère
Et que, pour dire vrai, mes vers ne sont pas bons.

DISTIQUE.

———

Le bronze dont l'éclat proclame la victoire,
Ecrit en traits de feu les pages de l'histoire.

CONTRE LA MAUVAISE TENUE D'UN OFFICIER

EN HABIT DE VILLE.

Lorsqu'un guerrier met bas son habit d'officier
Il doit, en résignant cette noble parure,
Prendre les vêtements, les airs et la tournure
D'un homme de salon et non d'un épicier.

NAPOLÉON.

Quel grand nom dans l'histoire !
Quel fut jamais le cœur
Si bon dans la victoire,
Si haut dans le malheur !

RÉVOLUTION DES HELLÈNES

1862.

———

Apollon, Dieu des vers,
Flots de la mer Egée,
Filles de l'Hélicon chantres de l'univers ;
Et toi lyrique Orphée !
A vos accents divins
La Grèce s'est levée.
De ses nouveaux destins
Elle dispose enfin, du pied du mont Nymphée
Aux bords Ioniens ;
Des montagnes d'Épire aux confins de la Thrace ;
Et le cri, liberté, des anciens Argiens,
Va transformer la race
Du moderne Orient.... Echos longtemps muets,
Monuments écroulés, rochers, sombres forêts,
Cimes du mont Hœmus,
Rive où naquit Homère
Sous un dôme d'azur ; de tant de cœurs émus
Ecoutez la prière !

O vous fils d'Agenor courez à vos remparts,
        Armez votre marine,
Et commandez encor aux flots de Salamine.
        Que le berceau des arts
Qui reçut Phidias, et la terre d'Hellade
Où gouverna Thésée, où vainquit Miltiade
        Aux champs de Marathon,
Expulsent de son sein le germanique Othon.
Que vos grandes vertus secondant la victoire,
Unissent tous les Grecs sous le même lien,
Et qu'il surgisse encor du sol Athénien
Des noms grands comme aux jours de votre antique histoire.

A M. R., CURÉ DE LAMARCHE

EN LUI ENVOYANT UNE PIÈCE DE VERS.

———

J'ai garde d'oublier que le pasteur Rochart,
   Ardent à la prière,
Dispensateur du bien qui nourrit la chaumière,
Conduisant son troupeau, suit encore de l'art
 Le sentier escarpé qui donne à la pensée,
Avec l'expression, l'allure cadencée
Du ruisseau qui murmure en la douce saison
Des chants estimés peu par la froide raison.
   Et j'ai l'expérience
Que, pour elle, rimer est pure extravagance.
Je sais qu'en ce sentier hérissé de buissons,
   De ronces, de chardons
D'où follement surgit aux beaux jours l'églantine,
On ne peut la cueillir sans en craindre l'épine,
   Et, sans moins de danger,

Offrir pareille fleur et modeste et jolie
     A qui reste étranger
A la pompe des vers, à leur douce harmonie.
     Mais à vous, bon curé,
     J'ose envoyer l'ouvrage
Qu'à mon déclin j'écris tout près du noir rivage
Où le vieux nautonnier, avec le temps d'accord,
M'attend pour me passer de l'un à l'autre bord.

A M. LE BON CURÉ R.

AU PREMIER JOUR DE L'AN 1871.

Mon cher curé Rochart,
Après tant de tristesse
Pourrait-on du Permesse,
Source du fleuve de l'art,
Où le divin Phébus pour saluer l'année,
S'unissant à nos vœux
Remplissait de bonheur sa première journée ;
Pourrait-on, vous dirai-je, essayer un sourire,
Cher curé, pour vous dire
J'attends de meilleurs jours ; car, après tout, la mort
A beaucoup trop à faire
Pour obliger ma muse en ce jour à se taire.
D'ailleurs, elle aurait tort ;
Il faut de temps en temps qu'on voie un centenaire,
Pour laisser espérer pareil itinéraire.
Mais sans trop le vouloir, je me vois, en propos,
Me riant d'Atropos ;

Et, pour me disculper, je dis avec Horace :
« *Dulce est desipere*..... » Sans payer trop d'audace.

. . . . . .

    Mais laissons la folie ;
    Ses grelots indiscrets
    Dans la France envahie
    Redoublent nos regrets.

. . . . . .

Je suis, sans le vouloir, entré dans une voie
Où plus sage que moi bien souvent se fourvoie,
J'ai dépassé le but : je voulais vous donner
    En tout simple langage,
    Une bien faible page
Où je dis, dans le goût de la naïve idylle,
Comment fut accueilli, digne présent du ciel,
Un tout petit oiseau que l'amour maternel,
    Par un travail habile,
Eleva dans le creux de la mignonne main
D'un enfant devenu Sauveur du genre humain.

. . . .

Lisez donc, pour finir, le Nid d'une Fauvette,
Et, sans trop de rigueur, traitez cette bluette.

TRISTESSE.

———

Sur le soir de la vie,
Quelle est donc la folie
D'espérer un beau jour,
D'une fleur le retour ?
Le printemps reparaît pour les bouquets de flore,
Qu'avec le doux zéphir il fait fleurir encore.
Mais, quand tout rajeunit
Une fois chaque année,
Il n'est de matinée
Pour moi, pauvre maudit,
Qui ne vienne me dire....
Dieu seul ne vieillit pas : les ravages du temps
Sur ton front vont inscrire

. . . .

Pour toi, plus un beau jour... tu n'as plus de printemps.

LA MALADIE DE LA VIGNE.

Odieux Odium, quand respecteras-tu
Des vins de nos coteaux la sublime vertu ?
Par ton venin mortel cette source de vie
Qui filtrait dans nos cœurs, va nous être ravie.
Bacchus nous abandonne, et, par toi son tonneau,
Au lieu d'un jus divin, n'est rempli que d'une eau
Dont l'affreuse saveur, qui répugne à nos lèvres,
A le nom de piquette et fait danser les chèvres.
Bacchantes désormais ne se griseront plus.
Bacchus n'aura non plus pour maîtresse Erigone
Qui se pâme d'amour aux baisers que lui donne
Le fils de Jupiter se changeant en raisin
      Pour un si beau larcin.

L'AIGLE

A L'OCCASION DE LA GUERRE D'ITALIE, 1859.

Les héros conquérants ravissaient les provinces ;
Ils foulaient à leurs pieds les peuples et les princes.
La France de nos jours fait, pour l'humanité,
Une guerre qui mène à l'immortalité
Le chef dont le grand cœur marchant à la victoire,
      N'aspire qu'à la gloire
      De chasser l'oppresseur
      De la belle Italie,
      Pour rendre une patrie
A la terre des arts dont la France est la sœur.

. . . .

Aigle qui combattais aux champs de Moravie,
Quand l'Autriche épuisée, au génie asservie
Se mourait dans ta serre et demandait merci ;
Aigle, reprends ton vol : sous tes yeux la voici
Cette ancienne ennemie implacable en sa haine,
Souple dans ses malheurs, dans ses succès hautaine.
Aurait-elle oublié nos triomphes passés ?
Ils vont bientôt renaître et seront surpassés.

Menace de nouveau son orgueilleuse tête ;
Déjà parmi ses rangs a mugi la tempête,
Ses fiers guerriers ont fui derrière un vain rempart.
S'ils osaient affronter ton foudroyant regard,
Qu'il frappe au même instant de terreur leurs phalanges.
Aigle majestueux.... des soldats d'Austerlitz,
D'Arcole, de Lodi tu protéges les fils,
Et de honteux traités aujourd'hui tu nous venges.
Entends ces cris de joie, ils sortent de Milan
Annonçant les revers de l'armée Autrichienne,
Et l'écho les redit du Tibre à l'Éridan :
   Et du Tessin à Vienne
   Le drapeau tricolor
Dans toute sa splendeur et son plus bel essor
Proclame que des monts d'Helvétie à Venise
La sainte liberté par la France est acquise.

. . . .

Aigle reprends ton vol... souverain protecteur
Du droit des nations viens punir l'oppresseur,
Et féconde le jour où l'Italie entière
   Se rendant unitaire
Pour chasser ses tyrans et venger son honneur,
Se réveille à la voix de son libérateur.

LA MUSIQUE.

J'aimais la poésie
Et le rythme des vers si charmants à broder ;
Mais tout venait céder
A la douce harmonie
De la divine Euterpe, à l'empire du chant
Elevé, pur et tendre
Que vint me révéler un soir mon doux penchant
Pour un talent que, seul, le Ciel devait entendre.
Les heures du bonheur
Avaient sonné pour moi ;
Les perles de sa voix ruisselaient en mon cœur.
Je lui donnai ma foi !
Lors, plus de poésie et, toujours, la musique ;
Et le timbre angélique
D'une si douce voix
Firent goûter partout le trésor de mon choix.
Sous son empire heureux les plus belles journées
Remplirent mes années,
Et depuis ne voulus consentir à rimer,
Ne sachant plus qu'aimer.

SUR LE TOMBEAU DE M. MARTENET.

Ici
Sous cette froide pierre
Repose au bruit de la prière
L'ami
Qui durant plus de cinquante ans
Connut ma joie et mes tourments.
Docteur
Par ses talents recommandable,
A tout indigent secourable,
Son cœur
Sans peine fit apprécier
Aux habitants de Pontailler
L'esprit
Subtil, orné, qui faisait sa parure.
La mort, en le brisant, inexorable et dure
Ravit
A sa famille, à l'art, à tous les gens de bien
Un modèle d'honneur et de bon citoyen.

VERS

PRONONCÉS DANS UN REPAS

OFFERT PAR M. TILLEQUIN, CURÉ DE SAINT-LÉGER,

A M. MM. SES CONFRÈRES DU CANTON.

Sinite parvulos venire ad me.

Une divine voix
Aux accents paternels, sublime, caressante,
Près de Jérusalem appelait autrefois
Du peuple du vrai Dieu la famille puissante ;
    Et, la main dans la main
De tous petits enfants, leur montrait le chemin
    Qui conduit de ce monde
    Au bienheureux séjour
Où tout parle de Dieu, d'innocence et d'amour ;
Où la vertu triomphe ; où le bonheur inonde
Les élus du Seigneur. Appelés aujourd'hui
Sous le toit protecteur d'un humble presbytère

Par le vœu du pasteur qui plaît et nous éclaire,
Comme au temps de Jésus nous arrivons à lui
Dans ce paisible asile où, pleins de sympathie,
Nous livrant au plaisir, nous dérobons nos ans
Et bravons le passé pour devenir enfants,
Sans qu'on puisse blâmer cette supercherie
        D'un seul jour seulement.
Brebis du bon Pasteur, festinons lentement.
Au passage arrêtons le séduisant breuvage
Qui confond nos esprits dans une égale ardeur ;
Et, tous ensemble, ici, faisons durer l'erreur
Qui voile des hivers l'inévitable outrage.
Pour moi, du poids des ans éloignant le souci
Et les cuisants chagrins, j'ose porter aussi,
Quand il faudrait me taire, un regard en arrière
Pour aller dire au temps... écoute ma prière,
Abaisse, ô temps, ton aile, et qu'il me soit permis
De faire un pas de plus avec de bons amis :
Pour ne cesser d'aimer, laisse-moi vivre encore
Diffère mon déclin, toi qui vis mon aurore
Me parer de ses fleurs..., laisse-moi, vétéran
Que la mort épargna sur la terre étrangère,
Usé par cent combats du Danube à l'Ibère,
Mais fier d'avoir suivi le héros conquérant,
Marcher encor au jour douteux du crépuscule
Jeté sur mes vieux ans... Romps ton fer meurtrier.
Qu'il s'égare au détour de mon dernier sentier
Où mon pâle flambeau, tremblant, à peine brûle.
Alors l'astre des cieux, à mes vœux souriant,

Me paraîtra briller des feux du diamant :
Et, vous me remplirez d'une vertu nouvelle,
Si, de vous, chers pasteurs, il s'échappe un regard
      Qui m'attire et m'appelle ;
Si, dans vos entretiens faciles et sans art,
      Je rencontre un sourire
      Quand je viendrai vous dire,
Qu'à la faible clarté de mes heures du soir
Ma vieillesse s'oublie au plaisir de vous voir.

ENVOI FAIT A Mme A. N.

D'UNE CORBEILLE REMPLIE DE POMMES DE PIN

POUR ALLUMER SON FEU.

———

Grâce aux dieux très-heureuse,
Pandore, trop curieuse,
De son coffret vit s'échapper jadis
Bonheur, paix, richesse, amour et les ris
Que le vent emporta
Dans l'extrême avenir.
Au fond il ne resta
Que la douce espérance, et le pieux désir
De les voir revenir.

. . . . . .

En ouvrant mon panier ne serez indiscrète ;
Rien ne s'envolera
Mais il en sortira,
Pour votre chaufferette,

Sous vos doigts si jolis,
Effilés, blanc de lys,
La résineuse pomme
Qu'au foyer on consomme.

. . . .

Une autre pomme fut, seule, offerte à Vénus ;
Mais, si sur mes sapins on voyait la pareille,
Ces fruits pour en parer votre blonde corbeille
Ne seraient désormais assez vite venus.

SENTENCE.

————

La volonté souvent avec un grand un grand courage
    De belles choses accomplit.
    Et tel, un beau devoir remplit,
    Qu'on aurait cru glacé par l'âge.

AU RETOUR DE L'ARMÉE D'ITALIE

UN SOLDAT D'AUSTERLITZ... AOUT 1859.

———

Ils vont donc revenir, ces guerriers de la France !
Delà les monts glacés, deux mois leur ont suffi
Pour vaillamment répondre au superbe défi
    De l'Autriche en démence.
Deux mois qu'ont signalés les plus brillants exploits
Ont noblement suffi pour rétablir les droits
    De l'antique Italie
Dès longtemqs opprimée et jamais avilie,
Qui veut revivre après son immolation,
    Disposer d'elle-même
Et, reprenant enfin son noble diadème,
Remonter à son rang de grande nation.

. . . .

Les combats ont cessé... soldats, rentrez en France ;
Après Solférino vous n'irez pas plus loin.

Napoléon l'a dit ; c'est assez de vengeance
Et de nouveaux lauriers vous n'avez pas besoin.
Adige, Mincio, savant quadrilatère !
    Solférino terminera la guerre
En gravant dans les plis de l'immortel drapeau
Ce nom déjà fameux, et pourtant si nouveau.
Sous le ciel des Lombards votre tâche est remplie,
Vaillants guerriers ; partez. Et vous, nobles débris,
Du bienfait le plus grand allez trouver le prix,
Ce prix de votre sang dont renaît l'Italie
Qui, sage dans sa force et sa virilité,
    Organisée, unie,
Arrachée aux liens de l'Autriche haïe,
Fière de sa vertu et de sa brave armée
Saura se rendre heureuse avec la liberté.

. . . .

Grâces à tout jamais au souverain habile,
Au politique plein de résolution
Dont les succès empreints de modération
N'eurent qu'un noble but, le glorieux mobile,
De faire prévaloir sa grande autorité
Pour rendre aux nations leur souveraineté.
Monarques tout puissants que le peuple contemple
Et juge avec rigueur, imitez son exemple.
Dans son triomphe, au sein de ces enivrements
Napoléon commande à ses ressentiments.
Il propose la paix qu'il préfère à la gloire.
O généreuse paix, sainte communauté

D'amour pour la patrie et pour l'humanité !
Napoléon est grand, bien plus que sa victoire.

. . . .

Mais voici l'étendard de nos jeunes soldats
Laboureurs, citadins, favoris de Bellonne
Comme vous autrefois devant Castiglione.
Ils vont revoir leurs champs, raconter leurs combats.
Les étoiles d'honneur, leurs plus belles parures,
Brilleront sur leur cœur de même que jadis
Sur nos cœurs de vingt ans brillèrent nos armures
      Au soleil d'Austerlitz !

. . . .

Sous ces arcs de triomphe arrêtons leur bannière,
Et fêtons leur retour... demain, à la prière,
     Nous pleurerons tout bas
Leurs braves compagnons ensevelis là-bas !!!

IMPROMPTU

FAIT A LA FORGE DE CHAMPAGNOLES, CHEZ Mme M., APRÈS LA

RÉCEPTION DES OFFICIERS DE L'ARMÉE D'ITALIE, 1859.

Champagnoles chéri, je viens baiser la main
Qui règle nos plaisirs et les feux de Vulcain ;
Cette main qui, propice aux enfants de Bellonne,
En cet heureux séjour
Leur donne tour à tour
Du fer pour la victoire, et des fleurs pour couronne.

A Mme J. M. QUI PARTAIT POUR PARIS

Sitôt que vous partez
Le plaisir est en route ;
Plus de jeux, de folie, et de chants qu'on écoute
Aux lieux que vous quittez.

LA MANSARDE.

O chambrette
Joliette
Près du toit
Qui sous sa tuile
Si fragile
Sans cesse te voit !
Doux palais
Tu me plais.

LOGOGRIPHE.

Un crime abominable est écrit sur mon front
En quatre lettres. Puis, on y voit le nom
Dont Prudhon a flétri le bien héréditaire.
   D'autre part, on y voit
Un être à quatre pieds, celui qu'à très bon droit,
L'on dit des animaux être roi sur la terre ;
Le nom d'une bataille où fut tué Joubert
Au temps de ses beaux jours et de lauriers couvert,
   Lorsqu'après l'hyménée,
   De myrthe couronné,
Sur sa route il trouva la fatale journée
Où triompha le Russe à sa perte acharné.
Enfin, mon cher lecteur, ce qui dans la bouteille
Nous donne de l'esprit, nous endort, nous éveille.

IMPRESSION DU SILENCE DES NUITS

Je contemplais l'Éther, et les astres du ciel ;
Soudain mon cœur s'incline aux pieds de l'Éternel :
Et le calme des eaux, et le parfum sauvage
Du thym et des genêts sur la tranquille plage
Ecoutent ma prière semblable au bruit du vent
Qui doucement la rase en effleurant la lyre
Eloquente des nuits, qui fait croire souvent
Au si rare bonheur où tout mortel aspire !
J'entends mourir cès chants, voix tiède de la nuit,
Récitatif du cœur, cantilène sans bruit
Dont le thème immortel en ses longues cadences
Vient porter à nos maux, dans nos jours de douleur,
Le baume qui guérit les blessures du cœur.

UNE VIOLETTE A Mme M.

POUR LE JOUR DE SA FÊTE.

Reçois de moi, Fanny, la dernière des fleurs
Qui bravant les frimas conserva ses couleurs.
    Frileuse, sous la neige,
    Et des vents à l'abri,
    Par un doux privilège
Dans un tiède réduit, heureuse, elle a fleuri ;
Fanny, quand il n'était nulle fleur sur la terre,
Pour ta fête naquit celle que je préfère ;
Qu'admise sur ton sein dont l'éclat, la blancheur
    Lui rappellent la neige,
    Une douce chaleur
    De nouveau la protége.

CE QUI NE SE VEND PAS.

Telle chose se donne ;
Elle ne se vend pas,
Et sans peur s'abandonne :
On l'obtient sans combat.

AUX ARMÉES ALLIÉES EN ORIENT, 1859.

Fils des bords de l'Euxin, Musulmans du Bosphore,
Guerriers Circassiens, vous Français, Piémontais,
  Et vous Anglais encore
   Prenez en main vos traits,
Frappez, exterminez vos anciens adversaires
D'un tyran orgueillleux esclaves sanguinaires.
   Ils voulaient dans leurs fers
    Enchaîner l'univers,
Sur les mers commander, et que toute la terre
Suppliante, à genoux, de leur czar tributaire
   Subit le sort affreux
    D'être esclaves comme eux !
L'Alma, Sébastopol, ont vu votre vaillance.
Le Russe a retrouvé les soldats de la France
Qui vainquirent Moscou. O vous les nobles fils
De ces nobles héros, les vainqueurs d'Austerlitz,
Poursuivez vos exploits ; jetez en Sibérie
Le reste épouvanté d'une horde abrutie.
Pétersbourg est confus, et Bysance sourit ;
   La Tauride est conquise ;
Et comme l'Éridan, la Seine et la Tamise,
    L'univers applaudit !

IMPROMPTU

A L'OCCASION DE L'ENVOI D'UN BROCHET

A Mme E. J., A MAXILLY.

Des eaux de mon étang
Prenez cet habitant
Aux carpes redoutable.
Et pour que ce vorace honore votre table,
En conseil ordonnez ce supplice futur,
Selon l'antique loi « *par pari refertur.* »

CHANSON

A L'OCCASION DE LA SAINT-JULES.

———

I.

Des curés le modèle
Est près de vous ce soir ;
Qui le connaît l'appelle
Et tout d'abord peut voir,
Qu'indulgent, bon, aimable,
(3 fois)   Il ne fait peur qu'au diable.

II.

Puisqu'au diable il fait peur,
Rions donc à notre aise ;
Soyons un peu pécheur,
Aux trembleurs n'en déplaise ;
Car pécher en riant
(3 fois)   Ça n'a rien de méchant.

III.

Ça n'a rien de méchant,
Ça n'a rien de coupable.
Voyez à votre table
Comme on peut en un chant,
Sans blesser l'auditoire
(3 fois)   S'amuser, rire et boire.

IV.

Boire, mais non pas trop ;
De ce divin sirop
Modérons bien la dose,
Cela pour bonne cause ;
Car après le festin
(3 fois)   Faut aller au lutrin.

V.

De chanter au lutrin
Du grec et du latin,
Je vous plains cher convive.
Mais au confessionnal
La jeune fille arrive ;
(3 fois)   A cela point de mal
             Jamais, jamais de mal.

VI.

A son confessionnal
J'irai, je vous le gage,
Dévot sans égal,
Au travers du grillage,
Lui demander pardon
(3 fois) D'avoir fait le garçon.

VII.

De faire le garçon
Je n'ai plus la recette
Et je paie en chanson
La jeune bachelette
Dont jadis chaque fleur
(3 fois) Faisait battre mon cœur.

VIII.

L'an dernier, point de fleurs ;
Des cris et des douleurs ;
Mais il n'est mal qui dure.
Ma guérison est sûre,
Car mon gîte est paré
(3 fois) Des fleurs du bon curé.

A GEORGES CUVIER

LE GRAND GÉOLOGUE.

Le savant, de la terre explore les entrailles
Qui des siècles passés couvrent les funérailles :
Et, dans ses profondeurs où tout va s'engloutir,
Où bouillonne l'airain, où tout paraît dormir,
Son intrépide main soulevant le suaire
Qui cache à tous les yeux cet immense ossuaire,
Trouve dans ses débris par leur conformité
Les aveux de la mort, et l'immortalité.

A L'OCCASION DE LA FÊTE DE M. H. B.,

CURÉ A ÉTEVAUX.

Hippolyte en Argos, ce fils de l'amazone,
Intrépide chasseur, vivait dans les forêts.
De nos jours Hippolyte aux rives de la Saône
Fait la chasse au démon, et rime des couplets
Dont on vente l'esprit sous le chaume, à la ville.
Pasteur il sait unir l'agréable à l'utile
Et s'il gronde à la chaire, il ouvre à ses amis
　　　　L'accès du paradis.

LA LECTURE.

La lecture est l'attrait du jeune bachelier ;
De tous mes goûts elle est le plus doux, le premier.
Je passe doucement les jours de la semaine
    A ce charmant loisir ;
    Tel en est le plaisir
    Que la nuit m'y ramène,
    Et le matin l'aurore
    Me voit lisant encore.

    .   .   .   .   .

    J'ai lu bien des romans
    Et l'histoire ancienne ;
    J'ai lu que les mamans
    Ne veulent pas qu'on vienne,
    Dans la nuit à tâtons
    Parler aux demoiselles,
    Et sur les plus doux tons,
    Leur conter bagatelles.

    .   .   .   .   .   .

Dans les astres je lis ;
J'ai lu tout l'Amadis.
J'ai lu l'art poétique
Et le droit politique ;
Mais j'aimerais bien mieux
Avoir lu dans vos yeux
Ce regard qui veut dire
Ivresse de l'amour, et donne le délire.

PROJET DE PROMENADE

LETTRE A Mme I. M.

Vous devinez bien, chère bonne,
Que je n'irai pas voir Auxonne
Seul.......; faire sans vous ce trajet
Serait pour moi sans attrait.
    Pour remplir la soirée
    Allons à Maxilly.
    Le ciel s'est embelli,
    Sa voûte est azurée.
    La senteur de nos bois,
    Du rossignol la voix
    Qui dit et qui soupire
    Son chant de volupté,
    Vous rendra la gaîté.
    L'haleine de zéphyre
    D'un souffle embellira
    Votre pâle figure;
    Son aile effleurera
    De votre chevelure
    Les anneaux gracieux;
    Et dans votre demeure
    Nous rentrerons à l'heure
Où la chaste Diane apparaît dans les cieux.

VERS

A L'OCCASION DE LA SÉANCE MUSICALE DONNÉE A PONTAILLER

PAR LES DISCIPLES D'ORPHÉE.

———

Des sons mélodieux,
L'éclat de la fanfare
Qui vibrant dans les bois, s'affaiblit et s'égare
En jetant dans son vol des chants capricieux ;
La grande symphonie ;
Des accords argentins
Que font redire à l'air des souffles enfantins ;
La douce cantilène à la chorale unie,
Viennent d'inaugurer en nos paisibles murs,
Dans un but tout moral, les plaisirs les plus purs.
Oui, notre ville a pris une face nouvelle,
Et je prédis, pour elle,
Que bientôt on verra s'accomplir tous les vœux

De tous ces cœurs de frères,
Qui par le goût des arts, et des jeux de l'esprit
Adoucissant les cœurs, auront bientôt proscrit
La brutale gaîté des boissons délétères.

. . . .

Tristes blasphémateurs d'Euterpe, approchez tous ;
A l'entrain des chansons, dans nos rangs mêlez-vous.
Voyez comme au frisson des cordes de sa lyre
Tout s'apaise, s'unit…. et la muse va dire
En vos nobles cités, sous les dômes dorés,
    Dans la pauvre chaumière
    Sous les cieux azurés…….
Peuples, chantez l'honneur et la sainte prière,
Les douceurs du repos, les jours purs et sereins
Que Dieu dans sa bonté, créa pour les humains ;
Dans le temple sacré, sur un rayon d'amour
Que les plus doux accents d'un cœur chaste et modeste
Fassent à leur appel descendre chaque jour
En vos âmes la grâce et la faveur celeste.
Pourtant, chers bourguignons, de votre Côte-d'Or,
Avec un tendre soin, faisant fleurir les vignes,
    De leur divin trésor
    Montrez-vous toujours dignes.
    Pour Bacchus et pour Mars
Et la blonde Vénus ayez mêmes égards.
    Aux chants de la victoire
Dès longtemps on l'a dit, enfants de Pontailler,
    Vous savez allier

Aux vers du troubadour, le refrain de Grégoire.
Répétez donc en chœur de la vieille gaîté
Le couplet tant vanté......
Pour chasser l'humeur, noire
Et les secrets ennuis du parfait Bourguignon,
Il faut chanter et rire,
Rire, chanter et dire ;
C'est fort bien faire ainsi, mais il est encore bon
De souvent arroser sa petite chanson.
Versez lui donc à boire
Et que des mauvais jours il perde la mémoire ;
A boire, à boire, à boire.

ENTRETIEN SUR LE MOT PHILOSOPHIE

A Mme SOPHIE R.

On prononce souvent le mot philosophie
Classique s'il en fut, mais charmant, plein d'attraits :
  Mot grec, qui signifie
  En langage français
  L'amour de la sagesse.
Mais sachez que ce mot prononcé près de vous,
  Galoppe à votre adresse,
  Et qu'il cache en dessous,
  Tout chargé de tendresse,
  D'espérance et d'amour,
  Ce qu'en sa douce ivresse
  Et la nuit, et le jour,
Tout mortel voudra dire à la femme jolie
  Qui s'appelle Sophie.

A M. LE CURÉ ROCHART

EN RÉPONSE A SES VERS DU * * *

Vénérable pasteur,
Une fois ton austère et fraternel labeur
A l'autel accompli, tu sais unir l'utile
A l'agréable entrain qui, riant et facile,
Donne aux jeux de l'esprit
La sanction des bons vers « *punctum omne tulit* ».
Avec *et cætera,* qui, pour suivre à la trace
Le précepte d'Horace,
Te fait quitter les saints,
Et répondre au galop en vers doux et mondains
Aux miens rétifs et durs. Plus prompte que la poste
Ta verve a la riposte,
Et tu me la transmets, ma parole d'honneur,
Non pas en omnibus, mais à toute vapeur.
Moi, *Martis puellus,* chez qui l'idée avorte
Pareille au fruit naissant que la froidure emporte,
Je vais péniblement prendre au champ récolté
Ce qu'a laissé la faux après un jour d'été.

Telle est ma destinée,
Glaner ou d'autres font une bonne journée,
Et d'un pas d'escargot
Apporter au logis un bien maigre fagot
Qui, vermoulu, sans sève, au feu plus ne pétille
Comme au jour du printemps où toute flamme brille.
Mais puisque c'est mon sort, aujourd'hui, de glaner,
Permets que dans ton champ, si vaste et si fertile,
Je parvienne à savoir, me laissant jardiner,
Comment parmi tes fleurs s'épanouit un style
Dont ta muse vers moi dirige son encens
En des vers enrichis de sublimes accents.
Si pour te couronner je dévaste ta flore ;
Si pour me rajeunir,
Tes fleurs je vais cueillir
Au couchant du soleil, au lever de l'aurore,
Je saurai m'arrêter
Et dûment respecter
Le laurier de l'attique
Inspirateur des chants
Qui, transmis par ta voix, glorieux et puissants,
Rappelleront les vers de l'ode pindarique.

ÉNIGME.

Dans mon produit, qui se boit,
Des anges
Il se voit
Qui font des choses étranges ;
Du vent,
Souvent
De qualité non respirable
Sorti du derrière du diable ;
Des chants
Touchants ;
Des farandoles effrénées,
Unions sans hyménées ;
Avec des baisers
Surpris, rendus, sur la main, sur la joue,
Sous le corset blanc qui tôt se dénoue,
Et tout le reste ;....
Car ce jour là tout est permis
Au moins modeste.......
Les surveillants sont endormis.

CHARADE.

On se plaît dans Pontailler
A toucher des rondeurs dans sa folle jeunesse ;
A renverser mon premier
Avec de l'art, parfois, ou sans délicatesse ;
A voir un beau picador,
Pour leur plaire, offrir à tous mon deuxième
Sans égard pour les saints jours de carême,
Et mon tout possède un port.

EN 1814.

Ils appelaient tyran cet amant de la France,
Ce César sans ayeux dont la toute puissance
A son char nous fixa par acclamation.
Que ne retrouvons-nous des jours de cette vie !

. . . . . .

S'il fit porter des fers, il les fit pardonner.

. . . . . .

Des fers comme les siens seront sûrs d'enchaîner.

ENIGME.

J'ai le ciel, j'ai la bourse ;
Suis l'homme de ressource
Du grand seigneur altier
Dans les grandes affaires,
Et du petit rentier
Dans les plus ordinaires.
Mon talent, sans effort à l'instant les résout ;
Car j'arrive partout,
Au ciel et sur la terre,
Sans façon, soit dans l'un, soit dans l'autre hémisphère
Grâce à mon pied léger
De deux ailes orné, conservant sur mon front,
Été comme hiver,
Un monument bouffon.

PORTRAIT.

Du corbeau, vos cheveux
Ont la couleur lustrée.
En défaisant leurs nœuds
Vous en seriez voilée.
Vous avez la figure
Aussi blanche, aussi pure
Que l'albâtre poli,
Et le cou gracieux avec de blanches ailes
Telles qu'un cygne joli
En étale sur l'eau de moins riches et belles.
Vous aimez à rêver,
A rire, à folâtrer ;
Pour contraster encore,
Vous savez que j'adore
Les yeux du plus beau noir
Et ne les laissez voir.
Tout est contraste en vous parfois audacieuse,
Et parfois très-peureuse ;
Car pour une souris
Vous quittez le logis.

A certains jours animée
A nous ravir vous valsez ;
Devenez-vous réservée
Avec grâce vous dansez,
Vous étiez sérieuse
On vous revoit rieuse.
Ces piquants changements
Loin d'être des caprices
Sont des dons qui, charmants,
Font toutes nos délices :
Ils vous font désirer, chérir, vous adorer ;
Partout on veut vous voir, partout vous posséder :
Votre désinvolture a changé bien des têtes
Depuis qu'elle est l'attrait de nos plus belles fêtes.

. . . . . .

Mais qui ne peut changer
Et vous fait tant aimer,
C'est que toujours nouvelle
Et toujours la plus belle,
Sachant apprécier
Et doucement railler,
En tout temps triste ou gaie
Vous êtes toujours vraie.

A Mme *** AUX BAINS D'AIX

A L'OCCASION DE L'AIR D'ANACRÉON, CHEZ POLYCRATE,

CHANTÉ PAR ELLE.

———

Pourquoi d'Anacréon réveiller les accents ?
L'amour, la passion, ne troublent plus mes sens.
Anacréon chantait, aux jours de sa vieillesse,
De la blonde Vénus la divine caresse :
Plus que lui chargé d'ans, maladif et perclus,
      Je ne chanterai plus.

BOUQUET DE FÊTE A Mme F. M.

Aux rigueurs de l'hiver
De Saint-Léger la flore
Avec succès rébelle a pour vous fait éclore,
Chère et bonne Fanny, ce brin de myrte vert,
Tout un jeune feuillage, et cette fleur candide
Qui, de sa voix timide,
Avec tous vos amis se joint à moi, le jour
Où tout ici s'apprête
A chanter votre fête
Et bénir son retour !

. . . .

Donc, célébrons Françoise,
Notre digne bourgeoise ;
Faisons des vœux pour elle ; ensemble proclamons
Que, dans le fond du cœur pour elle nous sentons
Une amitié si vive
. Qu'arrivés sur la rive
Où meurent les amours,
Nous l'aimerons toujours.

A MESSIEURS DE LA CHORALE

DANS UNE VISITE FAITE PAR EUX A SAINT-LÉGER.

Messieurs de la Chorale
Près de moi réunis en ce jour de printemps,
Ecoutez mes accents
Applaudir de nouveau votre ardeur musicale ;
De votre jeune verve animez ces doux lieux
Où tout naît et soupire,
Où le cœur est joyeux ,
Quand des amants d'Orphée il revoit le sourire.

Maîtres en gais plaisirs, de ces feuillages verts
Qui cachent tant d'amour, détournez Philomèle
Pour admettre sa voix dans vos charmants concerts.
Imitez sa leçon, mais chantez moins bien qu'elle ;
Ne faites qu'imiter... mes rossignols jaloux
Bientôt s'enfuiraient tous.

CHANSON

A M. D., CAPITAINE DE POMPIERS, A PONTAILLER,

POUR UNE FIN D'ANNÉE.

I.

Vous excitez ma verve,
Capitaine Dugé,
Et j'attends de Minerve,
Qui souvent m'a jugé
Incapable d'écrire,
Même en prose erronée,
Le petit mot pour rire
(bis) Qui finit bien l'année.

II.

Minerve, montre-toi !
Apparais tout armée ;
Qu'un vers de bon aloi
Aide à ma renommée

Quand je parle du Dieu
S'élançant sur l'échelle
Et joue avec le feu...
(bis)   C'est Dugé qu'il s'appelle.

III.

O toi, soldat si beau
Sous le casque d'Achille,
Directeur des jets d'eau !
Pompier presque aquatile,
Toujours vif et badin,
Complète ta victoire
Avec des pots de vin
(bis)   Qui seront ton pour boire.

IV.

On le voyait partout
Des soubrettes aimé, plein d'ardeurs auprès d'elles
Eteindre autant de feux qu'il enflamma de belles;
C'était un risque-tout.
Eh ! quel mal à la chose ?
Quand on sauve fillette
De l'incendie, on ose
Entrer dans sa chambrette,

V.

Il le faut, d'ailleurs, bien ;
Et forcer la serrure,
Sans trop offenser rien
Est la méthode sûre
Pour faire prospérer
Le charmant sauvetage
Où pouvait se brûler
(bis)   Le plus joli plumage.

VI.

O désappointement !
Ayant gardé ses ailes
Elle dit, s'envolant,
Sauves mes bagatelles !
Pompier il faut te fuir,
Pour que soustraite à la flamme
Je ne perde pas mon âme
(bis)   Zavec, Zavec ton cuir.

FÉVRIER 1863, INVITATION A DINER

ADRESSÉE A M. B., CURÉ D'ETEVAUX.

Si l'aquilon n'a pas votre entrain refroidi,
Pour dîner, cher curé, venez chez moi lundi.
En affrontant ainsi les glaçons et la bise
Vous ferez triompher la parole promise,
Et l'Aï remplira de ses flots écumants
La coupe dans laquelle un instant on oublie
Les chagrins et les tourments,
Compagnons de la vie.
Le soir auprès du feu, le fameux mistigri
Votre jeu favori
Si brutal l'autre jour, vous sera, je l'espère,
Cette fois plus prospère ;
Car je désire bien
Que dans ce petit jeu, vous trouviez le moyen
De nous faire engraisser chaque nouvelle poule,
Et, nous déplumant tous, en gagner une foule.

ENVOI DE QUEQUES VERS

A Mme A. J., QUI M'AVAIT DEMANDÉ MA PHOTOGRAPHIE.

Le maître de céans
N'aime pas, je le sais, des vers et de la rime
Le genre étudié qui, parfumé d'encens,
Dans un bouquet de fleurs cherche à cacher un crime.
Point ne veux le blâmer ; mais, charmé, je vous dis
Sans nul piége, sans fard, qu'en vous sont réunis
Le goût et le savoir sans effort, sans étude ;
Comme le rossignol qui dans les bois prélude
Avec de doux soupirs, et puis, dans tous les tons
Prodiguant aux échos les divines chansons
        Qu'inspire le printemps,
Des mortels enchantés captive tous les sens.
Vous voyez donc qu'en vers, tout aussi bien qu'en prose,
Avec leur harmonie on dit la même chose ;
Se pourrait-il aussi que ce petit portrait,
        Bien que très-imparfait,
Dans votre album placé, eut l'esprit de vous dire
Que j'en serais flatté plus que ne sais l'écrire.

CHANSON BACHIQUE.

I.

Pas de courte chanson ;
Qu'elle soit longue et bonne
Et que notre échanson
De sa meilleure tonne
Tournant le robinet
(bis)   Arrose mon couplet.

II.

Divin jus de la treille,
Réveille mon caquet.
Nul homme n'est complet
Sans la liqueur vermeille,
Pas plus berger que roi ;
(bis)   S'il n'est gris une fois.

III.

Pourtant de ce breuvage
Usons modérément.
Sans cesser d'être sage
Se griser prudemment
C'est doubler la folie
(bis) Qu'on aime et qu'on oublie.

IV.

Jadis mal avisé
J'ai fait maintes sottises,
Bêtises sur bêtises
Qui m'ont bien dégrisé.
Le buveur dégénère !
(bis) Buveur brise ton verre.

V.

Je vais donc me ranger ;
Il est temps d'y songer
Et dis avec tristesse,
Je ne connais d'ivresse
Que celle de l'amour
(bis) Qui renaît chaque jour.

A Mme C. P.

A L'OCCASION DE SA FÊTE.

Des chants harmonieux
Cécile est la patronne ;
Un ange dans les cieux
En ce jour la couronne
De ses plus belles fleurs, jointes au lys altier
Qu'au lever de l'aurore
Cueillit le chansonnier
Dans les jardins de flore.
Mais, tout votre portrait, la reine de ces fleurs,
Sur sa tige élancée enviant vos faveurs,
Du ciel s'est dérobée
Pour vous, belle Cécile ; elle est dès ce matin
Sur la terre tombée,
Comme un présent offert de ce pays lointain
Pour embellir, Madame,
Le modeste bouquet
Qui de vos yeux réclame
Un regard dont j'aurais pour moi le doux reflet.

A Mme F.

A L'OCCASION D'UN VASE ROMAIN TROUVÉ DANS UNE FOUILLE

AU MONT ARDOUX.

Aux flancs du mont Ardoux, d'un des coups de sa pioche
En cultivant sa vigne, un vigneron cassait
Enfoui dans la terre un pot qui, sans reproche,
Par son antiquité tous les pots surpassait ;
Je l'estimai d'abord ; il primait ma vieillesse !
J'aimais ses vieux défauts, et même la rudesse
De ses débris obscurs à mes yeux s'adoucit,
Au contact velouté de la main qui l'offrit.
      Mais, chose singulière
      Qu'on ne peut dire assez,
      J'aime, pour cette aiguière
(Le croiriez-vous ?) même à payer les pots cassés !

Madame, sur ce point, voudriez-vous bien me dire
Par votre vigneron, ce qui pourra suffire
      A solder la rançon
De son intéressant et malheureux tesson.

FAIENCE

OFFERTE EN RETOUR DE L'AMPHORE LATINE TROUVÉE AU MONT ARDOUX

ET OFFERTE AU GÉNÉRAL COMTE J. P., PAR Mme E. F.

Si tout est pour le mieux dans le meilleur des mondes,
Comme disait un jour le bon docteur Panglos
Quand pour le lui prouver on lui cassait les os :
Si l'encens brûle au pied des brunes et des blondes ;
Dans le monde des fous, que les goûts sont divers !
Pour un nouveau laurier, Mars délaisse la rose ;
Et la femme en tous lieux sourit au doux propos
Qui parfois d'un mari vient troubler le repos.
J'aimais jadis le bruit ; j'aime aujourd'hui l'étude,
Le silence des bois plaît à ma solitude ;
J'aimerais cependant à dire quelques mots
      De combats et de gloire :
Mais alors, du sommeil secouant les pavots,
Je craindrais d'endormir un placide auditoire.
Contentons tout le monde, et sans manquer de tact,
Par contraste, et gaîment dans une baliverne,
Avec le vieux bon sens mêlons l'esprit moderne
      Au goût du bric à brac ;
Sacrifions au temps, à l'erreur, à la mode
Puisque depuis Adam d'erreur il s'accommode.

Ce discours me conduit où j'en voulais venir ;
     A dire pour finir,
Que j'aime, follement, les laides vieilleries ;
Je n'entends pas parler du sexe tendre et beau
Qui nous charme, et s'enfuit léger comme un oiseau ;
Mais de dures beautés telles que poteries,
     Brocs fêlés, plats cassés
Dormant depuis un siècle avec les trépassés.
J'en fais la collection, mais sur mon étagère
     L'objet que je préfère,
C'est l'amphore trouvée aux flancs du mont Ardoux,
Qui, pour sa rareté, vaut mes plus beaux bijoux.
Pour votre antique vase après telle louange,
Madame, je voudrais vous offrir, en échange,
Un souvenir de moi qui l'égalât au moins,
Qui fut digne de vous... superflus sont mes soins !
Jamais n'égalerai votre galanterie.

. . . .

Pénétré de regrets, votre obligé vous prie,
     Ne pouvant faire mieux,
D'accepter la nouvelle et modeste faïence
Produit de notre sol, qui n'a pas l'élégance
Et le blason latin d'un pot d'argile vieux
     Comme le vieux Hérode ;
Mais qui, pour conserver de la reine des fleurs
Le parfum enivrant et ses riches couleurs,
     Vous sera plus commode.

L'ÉGALITÉ CONQUISE.

Le tendre souvenir de Jésus apaisait
Toutes les dissensions, et dans les cœurs plaçait
La concorde et l'amour, la foi vive et profonde
Qui devaient devenir la morale du monde.
Les plaisirs, les devoirs, tout était en commun.
Ce sublime idéal de la première Église
C'est l'abandon des biens, l'égalité conquise.

A Mᵐᵉ E. F.

Sur mon petit pot,
Madame, encore un mot.
A mes vers vous donnez la réplique
Comme un maître en prose poétique
Qui rappelle le ton
De Châteaubriand, de Fénélon.
Essayez-vous aux vers, essayez de la vie
Qu'adoucit l'harmonie
Et vous aurez le don
De briller dans la prose et dans l'art d'Apollon.

NE VOUS EN ALLEZ PAS !

COUPLETS A L'OCCASION DU DÉPART DE Mme M.

Sur l'air : *Partant pour la Syrie.*

———

I.

Ne vous en allez pas ;
Chacun de nous s'écrie,
O famille chérie
Pourquoi partir, hélas !
Aimez votre patrie,
(bis)   Ne vous en allez pas.

II.

Ne vous en allez pas
Dans cette capitale
Au souvenir fatale ;
On n'aime pas là-bas !
Au pays de Tantale
(bis)   Ne vous en allez pas.

III.

Ne vous en allez pas ;
Préférez le bocage
De la tranquille plage
A de trompeurs appas ;
Restez sur le rivage,
(bis)   Ne vous en allez pas.

IV.

Ne vous en allez pas
Sur les bords de la Seine ;
Car la chose est certaine,
On ne boit aux repas
Que du vin de Surêne
(bis)   Dont je fais peu de cas.

V.

Ne vous éloignez pas
De la Bourgogne aimée.
Ici la Romanée
Ne se déguise pas.
Là bas tout est fumée
(bis)   Tout s'y déguise hélas !

VI.

Ne vous en allez pas
Reine de l'harmonie :
Sans vous ne fleurit pas
Cette fleur d'Italie,
Et Philomèle oublie
(bis)   De chanter aux lilas.

VII.

Ne vous en allez pas
Sans la chaude capote,
Car au temps des frimas
A Paris on barbotte ;
On y gèle, on s'y crotte
(bis)   On ne s'y chauffe pas.

VIII.

Mais surtout n'allez pas,
D'une façon légère,
Embrasser un compère
Qui ne vous connaît pas,
Et donnerait en frère
(bis)   Un baiser de Judas.

IX.

Ne vous en allez pas ;
Que votre âme attendrie
Ecoute qui vous prie,
En vous tendant les bras,
D'aimer sa vieillerie,
(bis)　De ne la quitter pas.

X.

Ne vous en allez pas,
Ne partez pas, vous dis-je :
Loin de vous tout s'afflige,
Le regret suit vos pas.
Restez donc, tout l'exige,
(bis)　Ne vous en allez pas.

XI.

Ne nous quittez donc pas !
Au logis revenue
La colombe éperdue
Evite le trépas
Dans la plaine inconnue
(bis)　En ne voyageant pas.

SUR UN POUF DE SALON

DONNÉ PAR H. H.

————

Ton pouf enfin dans mon salon,
Beau produit du sol Berrichon,
Triomphe, trône et se prélasse
Attendant l'objet qui se place
Comme lui rond et sans façon
Sur les fleurs de mon écusson.

   Fraîches et gracieuses
   Fleurs, êtes-vous heureuses !
   Mais, soyez-le tout bas :
   Car mon pouf ne veut pas
   Que Jupin par exemple
   Se cache dans son temple
   Et, toujours curieux,
   S'en vienne lorgner des yeux
   Le visage blanc et prospère
   Qui plaisait tant au vieux compère
   Lorsqu'il ne se refusait rien
   Dans son palais olympien.

CHARADE

ENVOYÉE A Mme A. J.

———

Mon premier est ce que je préfère,
Mon second réjouit, il éclaire,
Et mon tout qui nul n'a jamais ruiné,
Sans payer est donné.

CHARADE

ENVOYÉE A Mme A. J.

Debout sur mon premier
La France réveillée arracha le laurier
Que livra tant de fois la main de la victoire
A ses vaillants enfants amoureux de la gloire.
Au jour de mon second
Un meurtre correspond.
Un grand homme mourut, asservissant le monde
Tout entier sous la loi d'un empire qu'il fonde.
Mon tout, oriental, parmi nous règne aussi,
Mais sans aucun danger et sans autre souci
Que de chercher à plaire ; et, pour demeurer reine,
Sa grâce nous enchaîne,
Sa bonté réunit,
Son esprit nous séduit ;
Aussi, jamais près d'elle
Nul ne sera rebelle :
Si pour se faire aimer, je t'ai dit son secret
Lecteur, cherche son nom que mon vers te transmet.

ENVOI A Mme CÉCILE P.

POUR LE JOUR DE SA FÊTE.

Cécile, c'est vous-même aujourd'hui que l'on fête.
                    Qu'il est harmonieux
Dans nos cœurs votre nom doux et religieux.
Comme à le célébrer tout ici-bas s'apprête !
Même pour son bouquet, en novembre, le ciel
D'un rayon s'éclairant, fait fleurir une rose
Qu'il parfuma pour vous ; et moi vieux ménestrel,
Dont au déclin des ans la lyre se repose,
Je l'éveille pour dire : acceptez cette fleur ;
Au plaisir de la fête admettez-là, Cécile ;
Qu'elle orne votre sein, pour qu'en ce doux asile
Elle ait aussi sa part de joie et de bonheur.

A Mme SOPHIE R.

UN COLLIER OUBLIÉ.

Au seuil du solitaire en venant, vous portez
Les ris, les jeux et l'espérance ;
Vous en allant vous n'emportez
Rien de ce qui marqua votre aimable présence.
Je voudrais tout garder, tant me fait de plaisir
Cet innocent gage de souvenir
Qui s'augmente parfois, sans vous rendre plus belle,
D'un voile de dentelle,
D'un collier à grains noirs
Qu'avec un goût exquis vous portiez l'autre soir ;
Et de l'objet enfin qui tous les jours se prête
A lisser les cheveux qui parent votre tête.
Mais j'aime à vous les rendre, en chevalier courtois,
Heureux de leur séjour qui protégea mon toit.

A M. LE CURÉ DE LAMARCHE

EN RÉPONDANT A SON SOUHAIT DE BONNE ANNÉE.

Cher curé de Lamarche
Je suis las ; le temps marche.....
En l'an soixante-sept
Le suivrai-je ? qui sait.....
Mais vous frais et robuste
Et droit comme un arbuste,
Combien de radieux printemps
Ne vous réserve pas le temps
Dans votre presbytère
Où l'on trouve toujours
Du saint le caractère
Et la gaîté d'esprit qui suit son libre cours !
Bonne année !
Pour vos souhaits merci ;
Qu'elle vous soit, aussi,
Fortunée

COUPLETS

POUR LA FÊTE DE SAINT-LÉGER

15 AOUT.

I.

Et, gai, gai, gai, de Saint-léger
   C'est aujourd'hui la fête ;
A boire, à rire, à bien manger
   Qu'ici chacun s'apprête ;
   Puis nous irons danser,
   Et bien nous trémousser
   Tout en contant fleurettes
   Aux filles joliettes.

Et, gai, gai, gai, de Saint-Léger
   C'est aujourd'hui la fête ;
A boire, à rire, à bien manger
   Qu'ici chacun s'apprête.

II.

Comme il fait chaud grand Dieu !
Qu'en dis-tu, toi mon fieu ?
Mettons-nous en chemise,
Qué rien ne nous déguise.

Et gai, gai, gai, de Saint-Léger, etc.

III.

Mais de Napoléon
C'est aussi bien la fête ;
Mettez belle Marton
Des lauriers sur sa tête.

Et gai, gai, gai, de Saint-Léger, etc.

IV.

Un jour, pour moi fatal,
S'arrêtait ma pendule
Et faisant la bascule
M'entraînait en aval.

Ce n'est pas gai pour Saint-Léger
Le jour de sa grand'fête ;
Mais puisqu'enfin il faut changer
Laissons ce casse-tête.

Et gai, gai, gai, de Saint-Léger, etc.

V.

Pour bien nous amuser,
Au front de l'invalide
Enfants, par un baiser,
Effacez une ride.

Et gai, gai, gai, de Saint-Léger
    Qu'on fasse ici la fête ;
A boire, à rire, à bien manger
    Qu'on se mette en goguette.

VI,

Goguette est bientôt dit,
Mais pour tous nous y mettre
Rayons le jour maudit
Qui ne veut le permettre.

Et gai, gai, gai, de Saint-Léger
    C'est aujourd'hui la fête
A rire, à boire à bien manger
    Qu'on se mette en goguette.

A MESSIEURS DE LA CHORALE DE PONTAILLER

LE GÉNÉRAL J. P. RECONNAISSANT DU TITRE DE TUTEUR

DONT ELLE VEUT BIEN L'HÒNORER.

Un tuteur... c'est bien vieux !
Mais près de la jeunesse
Il revient chaleureux
S'il trouve une caresse
Qui suspendra ses ans,
Comme autrefois l'aurore
Matinale voyait redoubler ses élans
Pour saisir le bonheur qu'un rêve fit éclore.
O caresse, Messieurs,
Si douce et musicale !
Je l'accepte d'acteurs
Dont le talent exhale
En chants mélodieux
Ou guerriers, ou suaves
La volonté des dieux
Et le serment des braves.

. . . .

Arrivez, lauréats,
Honneur de ce canton ! recevez la couronne
Qui doit ceindre vos fronts. Vous êtes tous soldats
D'Euterpe qui la donne.

. . . .

Mais quand les blancs frimas
Couvriront la prairie,
Non, vous ne viendrez pas
Chanter auprès de moi, car la saison fleurie
Est encor loin de nous.
Vous avez trop promis ; le tuteur pour attendre
Trop vieux, a peur du froid, ne peut aller vers vous
Et pour le dire enfin, n'est plus bon qu'à descendre.
Vous... montez au plus haut
Où chante l'alouette ;
Montez, faites assaut
Et que dans vos combats, la simple bâchelette
Aussi bien qu'Apollon admirant de vos voix
Le chaleureux accent, l'éclat et l'harmonie,
Laissent le rossignol de sa bizarrerie
Emerveiller les bois.

COUPLETS

POUR UN DINER DE LA MI-CARÊME.

―――――

I.

Encore un jour, amis,
Le plaisir est permis ;
Sus, pour la mi-carême
Organisons un bal,
Et sur sa face blême
Ecrivons carnaval.
« Il faut qu'en cette vie,
» Dans le monde, à son tour
» Jeune et vieux, en son jour
» Ait son grain de folie. »

II.

Afin de châtier
Mon esprit trop altier,
Pour la grâce future
Je soumis un beau jour
Mes sens à la torture.
Mais quel horrible tour

Me joua ce carême !
Croiriez-vous qu'au début
Dans le champ du salut
Ma maigreur fut extrême ?

III.

A me voir chacun dit :
Mon Dieu, comme il maigrit !
Il devient diaphane,
Lui qui s'arrondissait
Comme une dame-jeanne,
Heureux, quand il buvait,
De trouver sous la table
Le dernier mot du bal,
Mot jeté par le diable
Au fond de son bocal.

IV.

C'est l'oubli du chagrin
Que fournit le bon vin
Au conscrit qui se grise,
Quand un jour il revient
Voir la jeune payse
Pour qui son cœur en tient.
Car Bacchus à la ronde
Vient réjouir le monde,
Bonum vinum le dit
En vieux latin écrit,

V.

Le bon vin réjouit
Lorsque le jour arrive
De retrouver son nid
Sur la tranquille rive
Où l'oiseau voyageur
A goûté le bonheur ;
Que Bacchus à la ronde
Réjouisse le monde ;
Bonum vinum le dit
En vieux latin écrit.

VI.

O mes voisins, que j'aime
Ce milieu du carême,
Reflet du carnaval
Qui me fait vous redire
Sur ma frivole lyre
Ce refrain jovial :
« Il faut qu'en cette vie,
» Dans le monde, à son tour
» Jeune et vieux en son jour
» Ait son grain de folie. »

A MADAME J. M.

SUR M. LE DOCTEUR JOLIOT

APRÈS AVOIR GUÉRI MA SURDITÉ.

Le docteur Joliot,
Je vous le dis tout haut,
Dans son métier habile
Porte partout son art.
Il guérit sous le chaume, on l'appelle à la ville,
Et, pour le proclamer, j'offrirais pour ma part
L'aveu de mes oreilles
Prêtes à témoigner que sans presqu'y toucher,
Sa main du premier coup a su les déboucher
Aussi bien qu'il débouche et vide les bouteilles
Du divin Chambertin ;
Car depuis je jouis du plus heureux destin,
Percevant sans effort, clairement et sans fin
La cadence du vers, le doux son de la viole :
Tout me charme et surtout votre douce parole
Qui, plus que l'art encor, sait guérir et console.

ENVOI D'UN BOUQUET DE FÊTE

A Mme C. P.

Parlez seules, mes fleurs,
Vous qui, mieux que mon style,
Savez plaire à Cécile ;
A vos douces senteurs
Joignez un doux langage
Qui sourie au retour
De la sainte du jour.
Pour moi, sur ce rivage
Je dois rester muet.
Si l'on aime à mon âge
Il faut pour être sage
Laissant parler les fleurs, n'envoyer qu'un bouquet.

A Mme E. F.

EN REMERCIEMENT DE SON BOUQUET POUR LA SAINT-CHARLES,

FÊTE DE MON FRÈRE.

Madame,
On voit dans votre flore
Comme aux beaux jours d'été
En tous les temps éclore
Et se développer dans leur tendre beauté
Le réséda, l'œillet, la rose et l'anémone :
Pourquoi tant de richesse en ce joli jardin !
Je le dirai : c'est que votre goût féminin,
A su les réunir, et tresser la couronne
Que parfume la fleur
De l'éternel printemps qui vit dans votre cœur.

SUR L'ENVOI D'UNE TABATIÈRE.

Dans une rude écorce
Vous prenez du tabac ;
Pareil oubli me force
A tirer de mon sac
Certaine tabatière
Un peu moins roturière.
Veuillez bien l'accepter,
Et parfois répéter
Qu'en cette bagatelle,
Dont la forme est nouvelle,
Votre fin tabac pris
Acquiert un nouveau prix.

ACTUALITÉ.

—

Des trois parts de la vie
L'une nous est ravie ;
C'est celle des beaux jours de nos premiers plaisirs
Féconds en doux souvenirs.
L'autre c'est l'espérance
Sujette à décevance.
Près d'elle est le présent ;
Or, s'il est amusant,
En jouir, voilà nos affaires
Avant qu'on partage nos terres.

LE PAPILLON.

Arbitre de mon âme,
Par une douce loi
Je tourne autour de toi
Et me brûle à ta flamme.
Comme le papillon
A son heure dernière
Vole vers la lumière,
Je trace le sillon
De ma mort favorite.
Vers toi je précipite
Et ma vie et mon cœur,
Pour mourir de bonheur.

SUR L'ENVOI D'UN CHAPEAU DE PAILLE

EN FORME DE TUILE CREUSE.

Voici la sœur jumelle
De votre antique tuile ;
Elle avait fait son temps, et je la renouvelle.
Saine et sans tache d'huile
Vous pourrez la porter :
Car pour vous imiter tout prend votre nuance,
Vos airs, votre élégance.
Votre goût si parfait ne feront chuchoter
Pas plus la laide que la vieille
Qui, jalouses d'un rien,
A leur tour voudraient bien
Qu'un fragment de tuile pareille
Egayant un moment leur triste célibat,
Sur leur tête tombât.

A L'OUVRIER COMPLICE DE L'ÉMEUTE.

Ouvrier n'aspirant qu'à vivre sans rien faire,
Jusques à quand ton œil insultant et colère
Troublera-t-il la paix du juste possesseur
D'un bien dont il jouit pour prix de son labeur ?
Tu sais bien que la terre est la mère commune,
Et qu'un travail constant conduit à la fortune.
Tu sais bien que le fer qui brille dans ta main
Dans les soulèvements ne fournit pas du pain !
Ton fer c'est le marteau, le soc de la charrue.
Reviens à l'atelier, abandonnant la rue,
Et cultive ton champ où t'attend le bonheur
Que Cybèle procure au vaillant laboureur.
Sur le cœur de nos fils ta vengeance égarée
Porte une main sanglante honteusement parée
D'épaves qu'une ardente et vile passion
De pillage, de sang, de spoliation
Avait fait espérer à ta fureur impie :
Et même en tes succès, il n'est de barbarie

Qu'au nom de liberté,
Au nom d'égalité,
Tu n'assouvisses point dans ta fraternité.
Implacable Caïn, dans ta haine acharnée
De tout ce qui fut grand, tu voudrais, cette année,
Enhardi par le crime et la torche à la main
Te nommer souverain.
Mais le jour du salut, le jour de la raison
Que voudrait obscurcir l'exécrable Prudhon,
Apparaît rayonnant ; la France se soulève ;
Ses enfants en chantant sous notre drapeau saint
Marchent à l'ennemi ; partout il est atteint.
A travers les remparts élevés dans sa rage
Leur brillante valeur sait s'ouvrir un passage.
Mais, bons autant que forts, ils plaignent le destin
De frères égarés, et font taire l'airain.
Inutile pardon ! l'émeute fratricide
Reste quoique vaincue, implacable et perfide.

A MA VOISINE Mme A. D'E.

Aimable châtelaine,
Régnez en souveraine
Par la grâce et l'esprit,
Par l'accueil qui séduit ;
Régnez par tous les charmes...
Nous vous rendons les armes ;
Que tout autour de vous
Sous le joug le plus doux
N'aspire qu'à vous plaire,
Et qu'un sort tutélaire
Réalisant mes vœux, me laisse encor jouir
D'un reste d'avenir.

. . . .

Près de la châtelaine
Qui sous des fleurs enchaîne.

TRISTESSE

RETOUR SUR LE PASSÉ.

Le passé nous a fui ; le présent fuit encore ;
Tout s'échappe et se perd dans un triste avenir ;
Amour, bonheur, richesse, ambition, plaisir,
Que me restera-t-il de ma brillante aurore...
  De tout ce que je fus ?...
  Un regret... rien de plus !
  La mort déjà me sonne
  Je l'entends de mon lit ;
  Mais, ô penser maudit,
  Personne... oh ! non, personne
Près de moi ne dra : « ne soyez pas cruel,
« Un regret n'est-il rien lorsqu'il vous suit au ciel ? »

 . . . .

Je portai mon amie en sa couche dernière ;
J'enveloppai son corps du châle de sa mère,
Et posai sur son sein le Christ mouillé de pleurs ;
Sur sa tombe je vais renouveler les fleurs

Quand l'aurore étincelle
Aux feux d'un nouveau jour... mais sans soleil pour elle !
Bientôt dans le cercueil que je fis préparer
Qui me déposera, qui ferai-je pleurer ?

Personne,.. oh ! non, personne !
Et dès que l'airain sonne
Tout s'enfuit avec moi
Dans un triste convoi.

.   .   .   .   .   .

Regrets, peine éternelle
Venez à ma chapelle ;
Faites un dernier pas ;

.   .   .   .   .   .

Quoi, vous n'approchez pas ! ! !

LETTRE A M. LÉON FAUCHER

DIRECTEUR DE LA POUDRERIE, A VONGES, 11 FÉVRIER 1874.

Salut, Léon Faucher, c'est à vous que j'adresse
La parole du cœur ; une franche caresse.

. . . .

Bien heureux, je vous vis revenir en ces lieux ;
    Et des souvenirs délicieux
    Se heurtèrent dans mon âme émue
    Du moment où votre bienvenue
Du voile de l'oubli couvrant l'adversité,
En un pays conquis, pillé, déshérité,
Aux basses passions, à la discorde en proie,
Ramena le plaisir avec sa sainte joie.

. . . .

Salut, ô bon voisin, homme de talent, doux
    Et charmant entre tous ;
    Honorez ma retraite,
Et soudain vous verrez tout Saint-Léger en fête ;
Du vieux manoir souvent parcourez le chemin ;
Vous y semez l'esprit... j'en ferai mon butin !

J'écrirai de bons vers, et non de vile prose,
Si peux à votre goût dérober quelque chose :

. . . . .

Vous aimez la musique et chantez fièrement ;
       Mais à certain moment
Votre énergique voix adoucie en sa course
Rappelle le ruisseau murmurant à sa source ;
Ruisseau toujours limpide et coulant doucement.
Son cours ressemble au pas d'une craintive enfance
Qui n'ose trop presser un premier mouvement
Sur le sable trompeur où son flot la balance,
Mais, jeunesse venue, a trouvé son chemin.
Léon, dans votre accent sublime en son caprice,
Nous sommes avec vous dans l'extase sans fin
Quand, vainqueur, vous sortez triomphant de la lice.

. . . . .

Votre cœur généreux est toujours grand et bon !
Vos yeux noirs sont si doux, leur regard si profond !
Tout en vous est correct ; tout en vous est aimable ;
       Gai convive à la table,
Travailleur réfléchi, homme de cabinet,
       Et quelque peu follet ;
Car vous êtes enfant lorsqu'avec Marguerite
Vous quittez vos essais de poudre dynamite :
       Ainsi faisait un roi
       Au vieux temps d'autrefois ;
       Ce bon Henri de France
Imitait un dada pour amuser l'enfance,

Qui, sautant sur son dos,
En petit bourriquet transformait le héros
D'Arques et de Coutras. Ce n'est pas tout encore ;
Près de vous on profite et l'on s'améliore !
A vous cet avantage ; il est utile et beau.
Pour moi qui dès longtemps ai quitté le berceau,
Malgré ma volonté, je n'y pourrais prétendre ;
Nul de nous ne revoit jamais son âge tendre !
Visitez-moi souvent ;
Ne vous attardez point ; je suis la feuille au vent
Prête à quitter la branche.
Venez me soutenir, vers la terre je penche.

. . . .

Heureux époux d'une chaste moitié,
Mortel modeste et très privilégié !
Partout on vous honore ; en vous est l'art de plaire ;
Ne perdez de ces dons un seul sur cette terre.
Vénérez dans le ciel vos anges complaisants.
Joyeux de ces présents
Voyez les jours promis à la jeune famille,
Ses pleurs, ses jeux mêlés à la danse en quadrille ;
Que tout autour de vous se conforme à mes vœux.

. . . .

Et de moi conservez un souvenir heureux.

L'ART DES VERS.

Bien difficile est l'art de composer des vers ;
Et que de faux esprits dans des pays divers
Sont sourds à l'harmonie, à la douce cadence,
A la fougue du vers. Dans sa dure élégance
Il frappe sans pitié le faux dévot menteur,
  Le faux ami, sans cœur.
Mais comme est beau le chant en langue du permesse
Dans les vers amoureux d'Angélique et Médor
Au printemps de leur vie ; en ce premier essor
Où l'on dit, je vous aime, à sa belle maîtresse !

 .   .   .   .   .   .

Qui ne s'exprime en vers, n'aima jamais assez.
Poëte, amant, soldat, faites vibrer la lyre.
En des vers inspirés empressez-vous de dire
Ce qu'était l'amour noble et pur des temps passés.
Et pour modèle allez sur les hauteurs du Pinde
Chanter les vers du Tasse, et la mort de Clorinde.

DEUX TOMBES

LA VIERGE AU CIEL EXALTÉE. — L'IMPIE ENFOUI.

5 FÉVRIER 1874.

Un soir au mois de mai, quand au parfum des brises,
A l'heure où le soleil s'incline à l'horizon ;
Quand, près de s'endormir, chante dans le buisson
L'oiseau jetant dans l'air ses notes indécises ;
Un convoi morne entrait dans le champ de la mort
Où le juste honoré dans sa vertu s'endort,
Sans prières ni croix, sans prêtres, sans accords.

. . . .

Cet enclos si peuplé s'augmentait d'une tombe !

. . . . . .

Sur ce sol de douleurs
Où la larme s'unit au doux parfum des fleurs,
S'ouvrait le lit sacré d'une blanche colombe
Favorite de Dieu. De la vie elle sort !
Mais pour monter bientôt sereine et sans effort
Aux bornes de l'Éther, où douce et souriante
Elle plane sur nous en mère vigilante,

Comme la biche au bois recherche ses petits
Afin de les ravir aux cruels appétits
D'un cyclope nouveau qui, des monts à la plaine
Sa gueule affreuse ouverte, et de sang toute pleine
      Poursuivant son essor,
      Médite un crime encor.

    .   .   .   .   .   .

      Mais espérance vaine,
Le monstre impénitent périra dans sa haine :
Du froid cercueil, la vierge a passé dans le ciel
Et fait ainsi parler la voix de l'Éternel.

    .   .   .   .   .   .

« Quand l'impie insensé de la vertu maugrée,
» Qu'il ordonne le vol et le meurtre, il est fou !
      » Et détestable athée,
» Comme un vil animal, doit pourrir dans un trou. »

TOASTS

PORTÉS AU REPAS DES NOCES DE M. É. B.,

8 NOVEMBRE 1873.

———

Je bois à la santé des amis Bouveret,
A celle des Morel ; et sans aucun apprêt,
Au doux enivrement d'une si belle fête
Je vais m'abandonner jusqu'à perdre la tête.
Mais il importe peu, quand je garde mon cœur,
  En ce jour de bonheur,
Pour timidement dire à la jeune épousée,
Restez ; l'ire du ciel s'est enfin apaisée :
  Dans notre Pontailler,
  Où la guerre encor hier
Décimait ses enfants, chantez de la jeunesse
  Les plaisirs, la liesse ;
  Rappelez pour toujours
Les doux amusements de l'esprit, les beaux jours
Où la cité, jadis heureuse, sans querelle
Eut fêté comme nous une épouse nouvelle.
 . . . Restez-y de longs jours !
Vous y verrez grandir de vos chastes amours
Des rameaux, qui, sortant d'une tige si belle,
  Offriront le modèle

Du talént, de l'honneur,
Du travail la splendeur.

. .. .

Couple heureux, rendez moi la force qui m'échappe.
Soutenez ma parole à ma dernière étape,
Et qu'avant d'arriver au terme du chemin
Où les siècles ont vu passer le genre humain,
Dieu m'accorde le temps de chanter la journée
Où d'Ernest Bouveret la race fortunée
Nous rassemblera près d'un enfant au berceau
Pour couvrir de baisers un Bouveret nouveau.

. . . .

Je vide donc la coupe,
Et narguant les soucis,
Je dis à mes amis ;
Puisque sur mon esprit je sens le vent en poupe,
Ici je vous propose, en foule, des toasts
Capables d'ébranler mes plus vaillants soldats.

. . . . . .

A Mme Bouveret.
A M. Bouveret.
A M. Morel.
A Mme Morel.
Au bienheureux Ernest Bouveret.
Et les plus doux souhaits à Gabrielle Morel.

UN HUMBLE DOYEN DE FACULTÉ DE DROIT, DU 2 NOVEMBRE 1786.

A UN VAILLANT CAPITAINE

DE MARS 1782,

LE GÉNÉRAL PAULIN.

(Après une promenade à pied de deux heures dans
ses vastes et accidentés jardins).

———

Salut à cet aimable et glorieux aîné
Qui servit noblement le gigantesque empire !
    Je me garderai de lui dire
Qu'à vivre tout un siècle, il semble destiné ;
Quoi ! me répondrait-il, votre mesquine envie
A quelques huit printemps limiterait ma vie !
Un siècle, cher Monsieur ! veuillez en mettre deux ;
Et vous ne promettrez rien de trop hasardeux.

MORELOT.

27 *Septembre* 1875, *au Château de Saint-Léger.*

RÉPONSE EN PROSE.

A LA TRÈS-JOLIE IMPROVISATION DE M. MORELOT,

DOYEN DE FACULTÉ DE DROIT, A DIJON.

Votre impromptu, Monsieur, m'a charmé ; on ne tourne pas plus agréablement l'exagération poétique, et j'accepte volontiers le pronostic de longévité de sa première moité, qu'à votre tour vous atteindrez, j'en ai la certitude.

Veuillez, Monsieur et cher Doyen de Faculté, jeter les yeux sur quelques accords d'une lyre qui font battre mon cœur de soldat, quand vous me rappelez un temps dont il ne reste, hélas ! qu'un souvenir rempli de déchirants regrets, et daignez accueillir l'expression des sentiments de ma plus haute considération.

PORTRAIT ET SOUVENIR

Votre tendre sourire apaise bien des pleurs ;
Vos yeux ont la douceur des rayons de l'aurore
Dont le premier baiser fait éclore les fleurs.

. . . .

Est ce tout ? non encore.
Votre charmant esprit
Est celui d'une muse
Qui, se jouant m'apprit
A mêler le savoir au plaisir dont s'amuse
L'auteur de la chanson
Qui tout en badinant inflige une leçon :
On reconnaît en vous une femme élégante
Et la femme au sens droit toujours bonne et clémente
Dont l'accent émouvant attire tous les cœurs,
Enflamme le courage, et suspend les douleurs.

. . . .

Pour vous le dire, un jour de la verve inconnue
D'Erato je sentis l'heureuse bienvenue.

Je fis mes premiers vers, des vers seuls pour nous deux
Que j'aimais à remplir des présages heureux
De dignité, d'honneur, de palais, de fortune,
    De tendresse commune !

    .   .   .   .   .   .

Vous partites, hélas ! mais du ciel le courroux
Par mes vœux adouci m'a conservé de vous
    Une trace en un rêve
    Qui la couvre de fleurs
Au travers d'un mirage, et de douces erreurs
Commençant à l'aurore et que la nuit achève
    Pour revenir encor,
Et me faire exister au temps de l'âge d'or.

ENVOI D'UNE CHAUFFERETTE

EN TERRE CUITE, A Mme E. R.

Modeste comme toi, douce chaufferette,
Je me prosterne aux pieds de dame Lisbette.
Mais mon plus grand désir, mon suprême bonheur,
Serait de m'élever de ses pieds à son cœur.

RESTÉ SEUL.

Sur le soir de la vie,
Quelle est donc la folie
D'espérer un beau jour ?
C'est d'un printemps passé, demander le retour !
Le printemps reparaît dans les bosquets de flore
Qu'avec le doux zéphir il fait fleurir encore ;
Mais quand tout rajeunit
Une fois chaque année,
Il n'est de matinée
Pour moi pauvre maudit,
Qui ne vienne me dire :
« Tu n'as plus que des ans ; les ravages du temps
» Sur ton front vont s'incrire.....
» Pour toi plus de beaux jours... tu n'as plus de printemps. »

VOYAGE

SUR LA SAONE, LE RHONE ET DANS UN COURRIER DE LA MALLE,

DE SAINT-LÉGER A TOULON.

———

J'étais bien loin de vous, lorsqu'à peine parti,
J'effleurais le doux flot de la tranquille Saône,
Et me livrant au cours impétueux du Rhône
Je pouvais dans ses eaux disparaître englouti.

    Au début du voyage
    Je dépassais Lyon,
    Et, sur une autre plage,
    Déjà dans Avignon

Des papes je trouvais la splendide demeure
Si brillante autrefois, et si morne à cette heure.

    Encor un autre instant
    Et j'entrais à Marseille
    Alors que tout sommeille ;
    Et sans perdre un moment
    Je montais en voiture
    Cheminant vers Toulon

Fier d'un vol envié des ailes d'un pigeon.

    En voyant ma figure,
En découvrant mon corps qui cherchait son aplomb

Au milieu des paquets, sur une impériale
     De quelques pieds de long ;
Enfoui sans nul soin et comme à fond de cale,
Vous eussiez eu pitié de moi, vous eussiez ri
De m'y voir colloqué comme un veau de Poissy.
Pour tout dire en un mot, j'étais sur les dépêches
     D'un courrier complaisant
Qui ne voyait pour moi rien d'aussi séduisant
Que mon lit rembourré de vrais noyaux de pêches.
     Pour comble de bonheur
     J'étouffais de chaleur.
Sans air à respirer, blotti sous une bâche
Où jamais général n'a voulu, que je sache,
     Aussi mal se jucher.
Mais il fallait d'abord, son goût ne pas chercher.

          .   .   .   .   .   .

     Finir en toute chose ;
     Défier porte close
     Lorsque l'on veut entrer,
Est un précepte sage : il faut s'en pénétrer.

J'achève, chère dame, et que bientôt je lise
     Grâce à votre cachet,
     Le mot si plein d'attrait
     Pris par vous pour devise.

ENIGME.

Enfant de la forêt, ma chevelure pique ;
   Mais né sous le tropique
    C'est ma flèche qui pique.
Enfant d'une industrie à l'agio j'applique
Les règles de la bourse et de l'arithmétique.
Enfin lecteur rusé dont je crains la critique
Je vais me dévoiler ; car sans plus de tactique
Dans mon tout est un mot de la langue celtique
Célébré dignement dans un chant poétique.

VERS ADRESSÉS A Mlle M. G.

APRÈS UNE REPRÉSENTATION CHEZ Mme C.,

DE Mlle DE LYRON, D'ALEXANDRE DUMAS.

Hier un talent nouveau pour moi s'est dévoilé ;
    C'est de Mars tout entière
    Le jeu renouvelé ;
    L'actrice dont Molière
    Eut orné ses tableaux ;
L'esprit fin, gracieux que montrait Marivaux
L'interprète du vers qui fait rire et qui touche.
Oui, Mirza, Dumas même eut pris pour sa Lyron
    Hier soir une leçon.

A MONSIEUR ET MADAME

DE LA SOCIÉTÉ DE Mme C.

Vous tous amis chéris de Madame Cellard,
     Enfants de la folie
     Qui glorifiez l'art
     Enseigné par Thalie
J'ai fait votre peinture, et n'en suis pas content.
     La faire aussi jolie
     Et si bien accomplie
Que vous fit la nature était mon but pourtant.
De nouveau je viens donc, et toujours pour mieux faire
     A vous voir me complaire,
A goûter vos récits, à bien vous applaudir.
     Et vrai, sans métaphore,
A vos jeux l'autre jour, j'eus un si grand plaisir,
Qu'aussi vif aujourd'hui ce plaisir dure encore.

A Mme D.

AU CHATEAU DE VANTOUX.

———

Tout est enchanteur à Vantoux ;
Mais vous y charmez avant tout.

LES CORNES.

———

Dans un monde vulgaire
Les cornes font horreur.
En son vocabulaire
C'est signe de malheur.
Est-ce un bien, est-ce un mal ? qui pourrait nous le dire ?
Le meilleur est d'en rire.

RÉPONSE A UNE LETTRE EN VERS

DU COMMANDANT F. M.

O mon cher Frédéric, que de mal je me donne,
Que d'essais malheureux, que d'efforts, soins divers
Pour répondre à ta lettre, et marteler des vers
Qu'aurait pu m'inspirer ta verve bourguignonne !
       J'ai raturé vingt fois,
       Et vingt fois aux abois
       J'ai repris mon ouvrage
       Et déchiré la page
Où je croyais avoir simplement et sans fard
Imité ton début où se révèle l'art
Du poëte nouveau qui reçoit de sa muse
Les dons qu'à mes désirs souvent elle refuse.

Depuis peu descendu du haut de l'Hélicon
Et portant l'Hypochrène aux côteaux de Mâcon
Tu fais couler à flots des rives du Permesse
L'esprit et l'enjouement dans une douce ivresse
Dont le cours enchanteur, le flux et le reflux
Sont les fils d'Apollon, compagnons de Bacchus.
       Comme toi je n'ai pas
       De petite Marie

Pour chanter et cueillir des fleurs dans la prairie.

L'hiver et ses frimas,

Encor plus la tristesse

Et les rêves du cœur, et tout ce qui le blesse

Ont assombri mon temps !

Adieu donc poésie, et vous ô doux printemps ;

Adieu chers entretiens, chants purs, tendre harmonie.

Tu ne verras en moi qu'un obstiné rimeur

Pour qui la poésie

Est un fatal labeur.

Je ne sais donc répondre à tes charmantes lettres

Toutes pleines de grâce en doubles hexamètres.

Jamais plus dépourvu

Ne me suis encor vu.

Péniblement je cherche et j'appelle une idée.

Pendue au clou de fer, ma lyre ne dit plus

Des chansons à l'amour, des refrains à Bacchus ;

Ainsi que mon esprit elle est désaccordée

Muette, abandonnée.

Et comme tout finit,

. . . .

Ici, mon cher ami, j'achève mon récit.

LE 29 MAI 1874

A 10 heures du soir, visite en promenade, par M. et Mᵐᵉ L. F.,

au château de Saint-Léger.

Tout cédait au repos, la nuit était venue.
Les pâtres cheminaient vers leur chaume attardés,
Et par un sentiment religieux guidés,
Répétaient la prière au Très-Haut parvenue.

. . . .

Resté seul au salon j'avais quitté l'archet
De la divine Euterpe, et musique et pupitre,
Et mes gens observaient un silence discret.
Je me croyais dans l'Inde en lisant un chapitre
De Victor Jacquemont, ce charmant voyageur
Spirituel, modeste, érudit, grand causeur ;
Et laissais follement s'égarer ma pensée
   Curieuse, insensée,
   Du salon à Delhi.

. . . .

Sur des tapis dorés moëlleusement assis,
Je rêvais, éveillé, dans les bras d'un Voltaire,
Qu'en palanquin j'allais porter, grand mandataire,
Les ordres d'un nabab de l'empire mogol ;
Que d'honneurs entouré, tout chargé de roupies,

Je semais en chemin diamants et pierreries.

Lorqu'une voix pareille au chant du rossignol,

   Qui près de moi devise

Tous les soirs dans les fleurs d'un odorant cytise

Me dit : « pour deux ouvrez, » et vite ainsi qu'il soit :

Nous allons en deux mots vous conter notre exploit.

  .   .   .   .

Savourant les douceurs de la brise embaumée

   Du parfum de la fleur

   Qui montre avec bonheur

Ses riantes couleurs, et sourit à Phœbé,

   Nous courrions folâtrant,

   Sur des riens divagant.

Mais près de Saint-Léger, jamais on ne dérive ;

Bien mieux que le hasard, l'amitié près de vous

Facilement traça le chemin le plus doux

   Sur votre aimable rive,

Où pour ne pas manquer aux soins que l'on vous doit,

Promenant, nous venons égayer votre toit.

  .   .   .   .   .   .

   O joyeuse surprise !

En ces vagues sentiers qu'on ne pratique pas

Dans l'ombre de la nuit, quel vent porta vos pas ?

D'une insigne bonté quel dieu me favorise ?

Comment c'est vous, Léon ; Madame, et vous aussi !

Merci couple charmant, couple charmant merci.

RÉPONSE A UNE ÉPITRE

DE F. M. COMMANDANT D'ARTILLERIE.

Un favori de Mars, qui d'esprit étincelle,
Comme toi jeune encor, par ses soins voit fleurir
      Pour un doux avenir
      Une tige nouvelle
Sur l'arbre poétique aux neuf sœurs consacré.
Pour moi, j'ai vu flétrir à jamais défloré
Le laurier qui couronne et ranime la vie ;
      Et ma muse trahie
M'a retiré ses dons. De son temple banni
Je m'éloigne à regret ; ici-bas j'ai fini.
Saturne va m'atteindre épuisé dans ma fuite,
Qui n'a pu dévoyer sa cruelle poursuite ;
Tristement je succombe et du livre des ans
Avec douleur j'arrive à la dernière page.
Lors, tremblant de toucher au sinistre rivage
Je voudrais le relire et repousser le temps ;

Je voudrais ressaisir les jours de ma jeunesse
Que jadis je remplis d'amour et de liesse.

Mais désir insensé !

Son souffle m'environne, et m'a déjà glacé.

. . . . . .

Que sa course est rapide !
Comme sont courts les jours dont mon âme est avide.

O temps arrête-toi !

Laisse-moi boire encor à la coupe enchantée,
Et pour moi fais fléchir l'inexorable loi

Des mortels redoutée.

LE SUCRE D'ORGE

Vous pensiez donc à moi !
Merci de votre envoi.
Ah ! le doux sucre d'orge
Qui va guérir ma gorge,
Est encore plus doux,
Quand il me vient de vous.

L'AMITIÉ FRAGILE.

L'amitié fragile,
Est comme l'argile,
Facile à former,
Facile à briser.

COMMENT J'AIME.

Quand j'aime, j'aime bien,
Chaque jour fortifie
Un aussi doux lien ;
Mon âme en est ravie
Il ne lui manque rien :
Quand j'aime, j'aime bien.

COMPLIMENT.

———

Délices d'autrefois, de me plaire ont cessé.
    J'ai beau regarder à la ronde,
    Seule vous êtes tout le monde
    De mon plus doux passé.

CHARADE APRÈS SADOWA.

Mon premier invite à recommencer
Ce dont parfois on voudrait se passer.
Mon second est un saint, il sert dans la balance
A peser les humains, à peser la finance.
Il est très lourd, et souvent léger ;
Le fripon se plaît à le changer.
Mais mon entier est abominable ;
C'est l'animal le plus intraitable
Que Lucifer ne changerait pas.
Son cornac couronné ne peut le mettre au pas,
Non plus que son voisin qui le voudrait au diable,
Et pour cravate au cou lui serrerait un câble.
Mais moi qui les honnis à l'égal tous les deux,
Je voudrais bien les voir se déchirer entre eux.
Après ces traits flatteurs, mon bon lecteur devine
Quel est l'aimable objet dont j'esquisse la mine.

LA GAZELLE.

D'Arabelle,
La gazelle
    Est
Tout le portrait,
Mais sans l'attrait :
    C'est
Son allure si fine
Qui plie et qui badine ;
C'est son tout petit pié
Léger et délié
Qui touche à peine terre,
Et rase la bruyère.
Dans sa soudaineté
Comme elle paraît vive !
Combien elle est craintive
En sa joyeuseté !
De son corps c'est la grâce
Dont il n'est plus de trace
Que dans le souvenir
De Flore ou de Zéphir.
Sa taille a la souplesse,
Ses yeux ont la caresse,
Le regard de bonté
De la divinité,
Et la douceur si grande

Des beaux yeux en amande
De la biche des bois.
Si la voyez par fois,.
N'approchez pas trop d'elle,
Vous troubleriez son cœur.
Elle a de la gazelle
La joie et la terreur,
Et comme elle, supplie
De lui laisser la vie
Et de la protéger
Des chiens et de l'archer.
Une feuille qui tombe,
Le vol de la colombe,
La feront tressaillir....
Elle a peur de mourir !

. . . . . .

Et la souris qui passe,
Petite qu'elle soit,
Si tôt qu'elle la voit,
De son logis la chasse.
Mais hors de ce portrait
Absolument fidèle,
Ce que n'a la gazelle
C'est l'invincible attrait,
La divine étincelle
D'où jaillit le bonheur ;
Vive et douce lueur
Que poursuivent nos cœurs sur les pas d'Arabelle.

COUPLETS

A L'OCCASION DE LA FÊTE DE P. M., NOTRE DOCTEUR BIEN-AIMÉ

Sur l'air : *Roses qui m'entourez.*

Amis, c'est la Saint-Pierre ;
Mettons-nous en prière
Afin qu'à notre égard,
Ce portier ouvre tard
A Martenet, si leste,
Son paradis céleste.
Pour être tous heureux
Et commencer nos jeux,
Accourons à sa fête
Et chantons à tue-tête,
Lui qui nous sait guérir
Ne doit jamais mourir.

bis.

* *

Chez lui la médecine
A toujours bonne mine.
Elle est douce et guérit,
Car Pierre toujours rit.
Il a d'un ancien sage
Le noble et vrai courage,
Et jamais abattu
Il en a la vertu.
Bon convive à la table,
C'en est le plus aimable,
bis. ⎰ Et pour nous rajeunir
     ⎱ Il ne veut pas mourir.

* *

Un jour l'épidémie,
Cette horrible ennemie,
Ravageait le pays
Et décimait nos fils.
Il fallait sa science,
Et son courage immense
Pour vaincre cette mort
Qui tuait le plus fort.
Mais, par cet autre Antée,
Par son talent, domptée,
(bis) ⎰ Elle se mit à fuir
     ⎱ Et ne fit plus mourir.

*
* *

Merci, la compagnie ;
Soyez toujours bénie
Et n'ayez pas besoin
De tout mon baragouin.
Si son art trompait Pierre,
Ne lui jetez la pierre ;
Laissez son bistouri
Qui n'a beaucoup guéri
Ni choléra, ni grippe ;
Car voici son principe :
(bis) { Faut bien se réjouir,
Pour ne jamais mourir.

PARALLÈLE

ENTRE * ET *

Vous vivrez doucement
Chaque jour arrosée ;
Vous vivrez longuement
A l'égal de la fleur
Brillante, sans odeur.
Mais la plante brûlée
A chaque instant du jour
Par des flots de lumière,
A son heure dernière,
A son dernier parfum
Appelle à son secours
Palpitante, éperdue
Le torrent opportun
Qui déchire la nue.

A Mme F. M.

SUR LES DEUX APPELLATIONS IDENTIQUES FANNY ET FRANÇOISE.

J'aime Fanny, j'aime Françoise ;
C'est une anglaise, une gauloise
Chérie encore de plus d'un
Qui dans notre cœur ne font qu'un.
Belle, souriante, animée,
Du monde entier elle est aimée ;
C'est aussi l'ange de la paix
Qui de l'anglais, fait un français.

LES CHANSONS.

———

On chante la mort, comme le plaisir ;
On chante qu'on aime, ou qu'on va finir.
On ne chante plus sous la froide pierre,
Mais sur elle l'on dit l'ariette dernière.
Ainsi j'ai raison :
La vie et la mort sont une chanson.

ESSAI SUR LA VINGEANNE.

O Vingeanne chantée
Par deux fils d'Apollon,
Que ton onde argentée
Fuyant dans le vallon
Mollement me conduise,
Au déclin d'un beau jour,
Jusqu'au pied de la tour
Où ton doux flot se brise !

. . . . . .

Châtelaine, j'irai
Au-dessous de l'arcade ;
Et là, je chanterai
Au bruit de la cascade,
« Ne suis fils d'Apollon ;
» Suis un vieux capitaine
» Et n'ai qu'une chanson
» Pour dame châtelaine,

. . . . . .

» Celle du batelier
» Qu'il chante en sa nacelle :
» C'est son refrain guerrier,
» Et je l'adresse à celle
» Qui de sa blanche main
» Couronne l'écrivain,
» Et bénit mon épée
» D'un pur acier trempée.

. . . . . .

» Entends mes cris altiers,
» Et le chant du poëte ;
» Confonds tous les lauriers ;
» La lyre et la trompette
» T'apporteront toujour,
» Comme au pied de la tour,
» Une hymne douce et tendre,
» Un bras pour te défendre. »

MÉLANCOLIE.

—

Quand l'heure arrive mélancolique
Où la lune à la blanche tunique
Plonge en les profondeurs de la nuit
Son pâle rayon... glisse et s'enfuit ;
Là dans la forêt sombre et déserte
La douleur seulement m'est offerte,
Pour remplir mes jours désolés,
Par le travail du temps voilés,
Et combler le vide sans limite
Que fit dans mon malheureux cœur
La perte de tout mon bonheur
Quand me pressant, mourante, elle eut dit, je te quitte ?

A Mme P. M.

Qui vous aime, charmante Claire,
Aime toutes les perfections,
Connaît toutes les séductions
Qui nous font brûler de vous plaire.
Qu'en votre fête ce bouquet
Cueilli dans ma flore, vous dise ;
J'ai tout fait pour être coquet,
Mais j'ai soustrait au vent de bise
Moins encore de fleurs aux contours veloutés,
Que vous ne possédez d'aimables qualités.

EN PLEINE MER.

Qu'il est doux, à minuit, avec le chant lointain
Du seul bruit de la rame agitée en sa main,
D'aspirer les parfums de la brise qui vole
Et dont le souffle apporte un air de barcarole !
Qu'il est doux d'adresser à l'étoile du soir
Son hymne avec ses vœux messages de l'espoir ;
Et dans ce calme heureux, de voir couler sa vie,
Comme glisse l'esquif, sur la surface unie !

LA VOIE DU CIEL.

J'aime ton crépuscule, heure douce du soir !
Je ne puis que penser et ne fais qu'entrevoir ;
Mais mon âme perçoit du ciel l'heureuse voie,
Seule route assurée en laquelle je croie.

A M. A. L.,

POÈTE.

Des muses brillant favori,
Dans le fond du vallon nourri,
Garde précieusement ta lyre.
Qu'à tes accents un divin-sourire
Effleurant à l'envi les lèvres des neuf sœurs,
Des poètes du jour te nomme le vainqueur.

SUR L'AMOUR.

L'amour toujours se rit d'une chaîne durable ;
L'amour est un enfant qui ne sait ce qu'il dit.
Qui parle ainsi de lui mérite l'interdit ;
Le véritable amour n'est jamais une fable.

17

LE MOIS DE MAI.

La jeune printannière
Des saisons la première,
Sourit avec amour
Aux nouveaux feux du jour ;
La brise passagère,
Embaumée et légère
M'apporte ses parfums
Avec ses mélodies ;
Plus de vents importuns ;
Et les roses fleuries
Exhalent jusqu'au ciel
Leur encens immortel.

LE CYPRÈS.

Dans le livre des âges
Depuis longtemps inscrit
Sur les premières pages
Que personne ne lit,
Mon nom se voit encore,
Mais près d'être effacé !
Les jours de mon aurore
Et ceux de mon passé
Ornés de tant de fêtes
Au temps de nos conquêtes,
Sont plongés dans l'oubli.
Mon étoile a pâli !....
Je l'entends qui m'appelle
Pour me perdre avec elle !

. . . . .

Et dans l'éternité,
Soldat de nos batailles
Qu'épargna leurs mitrailles
Je me sens emporté ! ! !

. . . . .

Tout m'abandonnera !
Une dernière fois
Mon nom effleurera
Le gazon de la croix
Auprès de la chapelle
Où le Dieu se révèle :

. . . . .

Et mon écho discret,
Que nul n'éveillera,
Pour moi sera muet
Et comme moi mourra.

. . . . .

Mais, toi qu'aura planté
Sur ma tombe nouvelle
La tendre piété,
Tu porteras mon deuil,
Cyprès au noir feuillage,
Et sur mon froid cercueil
Tu verras se mêler des pleurs à ton feuillage.

A Mlle V.

Quand le phœnix des soirées,
Au déclin d'un beau jour,
Semble chanter l'amour
Sous les voûtes azurées,
A son divin concert
Le ciel me semble ouvert ;
Je m'arrête et j'admire !
A ton charmant sourire
Que ne peut qu'égaler
Le sourire des anges,
Pour mieux te contempler
Et chanter tes louanges,
Je détourne mes yeux
Et te vois dans les cieux.

F. M. AU BERCEAU DE SA FILLE.

Sycomores, érables,
Abris impénétrables
Aux rayons du soleil,
Protégez son sommeil.

. . . . .

Que sa bouche avec grâce
Et s'entrouvre, et sourit !
Je crois qu'elle me dit
Qu'il faut que je l'embrasse.

. . . . .

Achève de dormir
Innocente Marie ;
O ma fille chérie,
Ton repos va finir.

. . . . .

Qu'un rêve le prolonge,
Et, dans le champ d'un songe,
Va cueillir cette fleur
Qu'on appelle bonheur.

A L'OCCASION D'UNE DEVISE.

Dans le creux d'un cachet,
Avec point et virgule
Et bien clair et bien net,
Sans aucun préambule
Vous dites... *tout, ou rien.*
C'est là votre devise...
Pour moi, je le veux bien ;
Et je vous autorise
A demander mon tout,
Dussiez-vous, chose étrange,
Me donner en échange
Un petit rien... du tout.

ACROSTICHE.

———

J 'ai voulu dans cette écriture
S ans faute et même sans rature,
A voir, tout d'un seul trait aligné, votre nom
B rillant, tout castillan, aussi beau que mignon,
E t forcer le plus habile à dire,
L e diable tout seul le pourra lire,
L e nom que vous tracez ici du haut en bas ;
E t visible qu'il soit, je ne le trouve pas.

SUR L'ENVOI D'UN DINDON.

———

On dit : dans toute farce
Il se trouve un dindon :
Je dis, dans ce dindon
Il nous faut une farce.

. . . . .

Car ce n'est qu'un poulet.
Grâces à la nourrice
De dame Martenet
Qui me rend le service
De me l'avoir changé
Par un méfait coupable,
Ou de l'avoir mangé
Un beau jour à sa table.

. . . . .

En avant donc la truffe ;
Point de déguisement ;
Foin des airs de tartufe
Avec lesquels souvent
Le marron le remplace.
Le poulet est petit,
Grand est notre appétit.
Que bien loin d'être éparse
Ainsi que chez Chevet, elle emplisse d'attrait
L'oiseau de basse-cour qui, sans elle, serait
Une mauvaise farce,
Dont avec grand'raison
Je serais le dindon.

PROGNÉ.

Vois le printemps sourire ;
Vois revenir l'oiseau
Que le beau ciel attire.
Sur l'aile d'un vaisseau
Il vogue vers la plage
Où sont ses souvenirs
Et le nouveau présage
D'amour et de plaisirs.

. . . . .

C'est Progné qui s'avance,
Et, pour la recevoir,
J'ai préparé d'avance
L'abri que va revoir
Cette constante amie
Dont le gazouillement
Rend à mon sentiment
Une nouvelle vie.

. . . . .

Messager de bonheur,
Viens, ma douce hirondelle !
Ton petit bec jaseur
Me parlera de celle

A qui dans le lointain,
Si j'en crois tes promesses,
T'en allant un matin,
Tu portas mes caresses.

. . . . .

A ton joli col noir,
Sous la plume soyeuse
Je crois apercevoir
La lettre précieuse
Qui livrée à ton vol
Porte, en rasant le sol,
De ma belle maîtresse
Caresse pour caresse.

. . . . .

Silvo, dans son espoir,
Ainsi chantait un soir ;
Mais la nuit se passa
Et l'oiseau n'arriva.
Il attendit un jour
Et d'autres jours encore
Sans que jamais l'aurore
Eclairât son retour.

. . . . .

Plus ne fut d'espérance,
Progné, de te revoir
Au tranquille manoir !
Oiseaux, quittez la France ;
L'arbrisseau n'est plus vert,
Déjà Borée arrive ;

Partez pour l'autre rive ;
Un nid reste désert !

. . . .

Volez, jeunes et vives ;
Comme un rapide éclair
Vos ailes fugitives
Fendront l'azur de l'air.
Vous reviendrez encore
Aux nouveaux jours de flore ;
Mais j'aurai tant souffert !
Mon toit sera désert ! ! !

PLUS DE CHANTS.

Haleine du matin,
Doux souffle du zéphire,
Tu caresses en vain
Les cordes de ma lyre.
Passe, souffle léger ;
Va porter ton baiser
Au gré de ton envie.
Passe sans t'arrêter ;
Je n'aurai de ma vie
Plus d'hymnes à chanter.

BOUTADE.

Que faut-il, entre nous, pour charmer une femme?
Est-ce un nom glorieux ? serait-ce une belle âme ?
Un hôtel, un bijou, notre honneur, notre bien ?
Non ; il ne faut qu'un rien, et parfois moins que rien.

IL FAUT S'Y RÉSIGNER.

Des beaux ans déjà pâlit la fleur !
Adieu donc à mes jours de bonheur,
    A ces plaisirs du monde
    Aussi trompeurs que l'onde
    Qui, sur un noir récif
    Sorti du sombre empire,
    Nous pousse, nous attire
    Et brise notre esquif.

PHILOMÈLE.

Avec de doux accents
Je charme le bocage,
Mais sans troubler les sens :
C'est là mon seul ouvrage,
Car ne suis qu'un oiseau ;
Il faut tout autre chose à la jeune bergère
Qui, foulant la fougère
Au bord du clair ruisseau,
Languissamment écoute,
Avec d'autres chansons,
De plus tendres leçons
Pour entrer dans la route
Où l'on cueille la fleur
Qu'on appelle bonheur.

A PHŒBÉ.

Astre mélancolique,
Ta douteuse lueur,
Sous ta blanche tunique,
Rappelle-le bonheur
Pareil à ta lumière
Qui se perd à nos yeux,
En se voilant derrière
Le nuage des cieux.

A L'OCCASION D'UN PETIT VOYAGE

AVEC DEUX DAMES.

Je vous écris
Et je vous dis :
Très gracieuse fée,
Donnez un petit coup
De baguette enchantée
Pour être transportée
Par ce joli bijou
A neuf heures précises,
Vers notre déjeuner
Où je ne puis donner
Ni mets, ni friandises ;
Mais au sortir du lit
On a peu d'appétit.
Aussi dans l'espérance
D'une heureuse abstinence,
Ma foi, très simplement
Je vaincrai l'embarras
Pour cette fois, hélas !
Avec un compliment.

A MADAME MARIE***

Madame, sur vos pas naissent toutes les fêtes ;
J'en vois une toujours au lieu même où vous êtes :
On vous nomme Marie en ce jour de bonheur,
Et moi, dans ma ferveur, tous les noms je vous donne
Réunis à celui de la sainte Madonne,
Pour chaque jour pouvoir vous offrir une fleur.

L'AMOUR ET L'AMITIÉ.

Avec ses ailes l'amour
Du monde entier fait le tour.
L'amitié porte aussi des ailes
Capricieuses, infidèles,
Laissant fuir avec les vents
Et promesses et serments.
Mais, que de fois l'amour d'un feu pur nous dévore !
Quand on le croit éteint... il peut durer encore.

ERREUR, EXAGÉRATION.

Nous entrons tous un moment dans la vie
Pour être oubliés au fond d'un tombeau
Où la haine en douleur travestie
Suit à regret le pâle flambeau
Qui, sous une froide pierre, conduit
Des flots de la lumière à l'éternelle nuit.
Souvent dans mes chansons et tristes et plaintives
Je dérobe leurs ailes aux heures fugitives.
Chaque son de l'horloge est pour moi le signal
Du jour qui doit tinter au quart d'heure fatal
Où je devrai quitter ces lieux et leurs ombrages,
Leurs douces rêveries et les douces images
        D'espérance, de plaisir,

     . . . . . .

Quand celui de demain peut-être effacera
        Jusques au souvenir
Des lettres de mon nom dont il ne restera,
        Si vous l'allez fouler,
Plus même un seul écho pour vous le rappeler !

     . . . . . .

LA PALE DIANE.

Le croissant de la pâle Diane
Flotte dans le pur azur du ciel ;
Du soleil la chaste courtisane
Nous renvoie un rayon immortel ;
Le jour se meurt... à la fin il cède ;
Une incertaine clarté succède
Mélancolique, jusqu'au retour
Des torrents de lumière du jour.

PENSÉE.

Tout passe, tout arrive,
Le bonheur, le malheur !
Jeunesse douce et vive,
Douce étreinte du cœur
Voient venir à leur suite
La peine, le chagrin ,
Tout le cortége enfin
Des beaux jours mis en fuite ;
Toutes les déceptions
Avec les perfidies,
Les fatales passions,
Horribles maladies
Qui mènent à la mort
Et le faible et le fort.

LE RÊVE.

Mon esquif languissait ;
J'avais laissé la rame
Car plus rien ne m'aimait ;
J'avais perdu mon âme
Et je ne voguais plus.

. . . .

Une étoile nouvelle
Me dit, et je la crus,
« J'éclaire ta nacelle ;
» Tu peux voguer encor.
» Va, qu'elle te conduise,
» Atteins un nouveau bord.

. . . . . .

Et ma voile, à la brise
Alors se déployant,
J'aperçus un rivage
Enchanteur, ravissant !

. . . .

J'essayai ce voyage
Entrepris sur le soir
D'une trop longue vie
Pour qui n'a plus d'espoir,
Pour qui n'a plus d'amie.

. . . .

Je ramais, je frappais
Cette onde paresseuse ;
Mais bien peu j'approchais
Sur la vague trompeuse
De ces fortunés bords,
De ce brillant mirage
Où tendaient mes efforts,
Au déclin de mon âge ;
Un invincible attrait
A la mer m'enchaînait !

. . . . . .

Et les vents sans haleine,
Les oiseaux tout exprès
Se riaient de ma peine.

. . . . . .

Lors, je dis : que j'arrive,
Et que je meure après
Avoir touché la rive !

. . . . . .

Je ne pus la toucher ;
Ma fragile nacelle,
Quand j'allais aborder,
Vint se briser près d'elle ;
　L'étoile s'éteignit,
　Et le rêve finit.

IMITATION.

Un bon vent fait venir amis à notre porte ;
Si contraire est le vent, ces amis il emporte.

A MADAME I. M.

Je rêvasse, et sans nulle peine
Je bâtis des châteaux
Dont vous êtes la châtelaine.
Je ne vois que joyaux,
Ravissantes parures
Dont vous ne voulez pas,
Car mille fioritures
N'ont pour vous nul appas.
Soyez toujours vous-même.
Vous avez bien raison ;
Laissez le diadème
Pour le simple feston.

PORTRAIT.

Vous joignez la grâce à l'attrait ;
Si je faisais votre portrait,
Je vous peindrais spirituelle
Et tout aussi bonne que belle.

LE BOURNOUS.

De ce bournous
Défiez-vous,
Car sous sa cape
Un minois frappe,
Remplit l'esprit
D'un mal subit.
Dans sa mantille
Femme gentille,
A l'air narquois,
Vous fait la loi ;

Et sa figure,
Je vous le jure,
En ce bournous
Vous rendra fou.
Rien ne l'évite,
Fuyez donc vite,
Et du bournous
Défiez-vous.

LE MANCHON.

Mon ami, sois discret,
Cache bien le bouquet
Qu'à ta fidèle hermine
Une main féminine
Va ce soir confier.
Oh ! dieu, que j'en suis fier !
Mais nul ne le verra,
Car il n'en sortira
Exhalant sa plus suave odeur,
Que pour aller mourir sur mon cœur.

ENVOI D'UN CAMÉLIA

A Madame F. M.

Fanny, la toute bonne,
Aujourd'hui je vous donne
Cette fleur qui, sans art
Comme une paquerette,
Le jour de votre fête
Vous arrive un peu tard.
Mais, bien que venant après
Celles d'amis plus heureux,
Elle ose former les vœux
D'un tendre et flatteur succès,
Même d'un tour de faveur
Pour parler à votre cœur.

SOUVENIR DU VALLON.

Je voguais lentement sur la plaine tranquille
A la douce clarté des astres de la nuit,

    Ma nacelle agile
    Fendant le flot qui la suit.
    J'allais, dans ma pensée,
    Au bonheur aborder
    Et me laissais guider,
    Dans ma joie insensée,
    Par un doux aquilon
    Dont l'haleine rapide
    Sur une mer placide
    Conduisait au vallon.

    J'apportais pour richesse,
    Ce que j'eus autrefois,
    Constance, amour, tendresse,
    Doux accent dans la voix ;

Mais des longs jours l'outrage
Avait, à leur passage,
Effacé la beauté,
Effacé la jeunesse ;
Et je fus écarté
Du vallon où je laisse
Encore le serment
De l'aimer infidèle
Et pardonner en elle
Un fol égarement.

PENSÉE.

Qui ne plaît pas sans cesse
Ne plaira pas assez.
Il n'est trop de tendresse
Ni de soins empressés
Ni trop d'un diadème
Pour celle que l'on aime.

UN PROSCRIT.

———

France, je vais fuir dans un autre monde
Déjà s'agite le flot azuré,
Et la balancelle glisse sur l'onde
Aux doux rayons de la pâle Phœbé.
 Sur cet esquif agile
 D'un exilé l'asile,
 En cette triste nuit
 Dors amante chérie,
 Et dans un rêve oublie
 La main qui me poursuit.
 O toi, Dieu du repos
 Qui règnes sur les songes,
 Remplis de doux mensonges
 La fleur de tes pavots ;
 Permets qu'une caresse
 Au front de ma maîtresse,
 Sans troubler son sommeil,
 Se mêle à son réveil.

Quand l'aurore naîtra
Trop tôt elle verra
Qu'au jour où tout me fuit,
Elle seule me suit.

.   .   .   .   .   .

Adieu donc ma patrie,
Tu vas être obéie !
Sur toi, vaste océan,
Sur ta vague mobile
Le vieux marin s'exile ;
Tu vois ton vétéran
Chercher au ciel l'étoile
Qui doit guider sa voile,
Et, frappé par le sort,
Sur une barque frêle
Ainsi que l'hirondelle
Gagner un nouveau port.

.   .   .   .   .   .

Flots d'azur où se mirait ma bannière,
Que vous aimiez tant à voir voltiger
Déployant sur vous son tissu léger
Lorsque des mers je brisais la barrière,
        Vous ne me verrez plus !
Vents qui gonfliez le lin de mon navire,
Vous n'emporterez plus dans votre empire
        De l'airain les saluts
        Inscrivant dans l'histoire
        Le jour de ma victoire.

.   .   .   .   .   .

Proscrit, je vais subir
Du destin la colère
Et de douleur mourir
Sur la terre étrangère !
Thémistocle nouveau,
Comme il fit après Salamine,
J'irai sur la rive voisine
Arborer ton drapeau,
Trop ingrate patrie !
A tes jours de péril
J'aurais donné ma vie,
Tu me donnes l'exil ! ! !

A Mme A. N.

EN LUI ENVOYANT UN GATEAU DE MIEL.

Plus douce que le miel
De l'abeille farouche,
La parole du ciel
Descend de votre bouche,
Et prend comme autrefois
Des séraphins la voix.
Bien autre que l'abeille
Qui le matin s'éveille
Pour ravager les fleurs,
De vous une caresse
N'a jamais rien qui blesse ;
Elle enchante nos cœurs
Qui retrouvant en vous l'attrait d'une Aspasie
Accourent sur vos pas ;
Car vous êtes amie,
Et vous ne piquez pas.

UNE VISION.

Une fois je la vis ;
C'était un soir qu'assis
Sur le bord de la plage,
Je contemplais la mer
Et ses flots se calmer
Non loin de son rivage.

. . . .

Au détour d'un rocher,
Sur un coursier rapide
Je la vis se pencher,
Et mon regard timide
N'osa se reposer,
Craignant de l'offenser,
Sur sa noble figure
Et si jeune et si pure.

. . . .

Craintive ainsi que moi,
A mon aspect troublée,
Dans son cruel effroi
Cette fille du ciel, de ses faveurs comblée,

Trembla sur son coursier, et l'arabe sentit
    Dans sa bouche écumeuse
    Le frein qui ralentit
    Sa fougue impétueuse.

   . . . . . .

    Belle, et du sang des rois,
    Elle avait une fois
    Entendu dans sa vie
    La douce mélodie
    Des accords de l'amour.
    Mais ô funeste jour !
    La mort instantanée
    De l'ami de son cœur
    Détruisant son bonheur,
    Brisa sa destinée.

   . . . . . .

    Folle depuis ce temps,
Fleur poussée en tous lieux par les vents inconstants,
    De douleur oppressée,
  Dans sa peine vivant de la seule pensée
  Du retour attendu de celui qu'elle aima,
  Cette fleur d'un seul jour, plus ne se ranima.
    Elle tomba flétrie,
  Comme tombe en hiver la fleur de la prairie.
  Plus elle ne s'offrit à mes regards ravis ;
  Je l'attendis souvent, mais plus ne la revis.

LE PRIEURÉ.

Près de l'ancienne Saône,
En un lieu retiré
Aimant le saule et l'aune
Est un vieux prieuré
Paisible comme l'onde
Dont il est entouré.
Loin du bruit et du monde,
En un beau jour d'été,
Là deux jeunes amies
Toutes les deux jolies
Un instant m'appelèrent ;
Puis d'amour, de tendresse
Avec moi devisèrent
En mots pleins de simplesse ;
Puis en de doux accents
Ces charmantes sirènes
Me rendaient mes printemps
Et leurs vives haleines ;

Lors je fus enchaîné
Au séjour fortuné,
Où j'arrêtais sans cesse
Des heures la vitesse.

. . . .

J'y restai tout un jour,
Car le temps sans retour
Auprès de chacune d'elles
Avait oublié ses ailes.

A Mme A. N.

Vous aimez le soleil comme la jeune fleur,
Comme l'enfant de Flore
Appelle pour éclore
De son premier rayon la puissante douceur ;
Vous estimez les vers, fils de la poésie.
Vouée au dieu du jour,
Que j'appelle à mon tour,
Vous prêtez à mes chants une douce harmonie ;
Vous aimez du foyer les brasiers pétillants

Quand, après un orage,
Votre gentil corsage,
Vos pieds mignons transis, vos membres languissants,
Ranimés à leur feu vont braver la tempête
Qui, dans le fond d'un bois,
Encore cette fois
Grâce à deux fiers coursiers n'est plus sur votre tête.
Vous jugez le mérite et les beaux arts aimez.
Si je vous entends lire,
Lors, je me prends à dire :
Bienheureux le récit que si bien animez,
C'est la verve et l'esprit coulant de votre bouche,
Ce récit vaut de l'or ;
Lisez, lisez encor !
Ces lignes ne verrez, elles n'ont rien qui touche :
Cependant si j'allais par un tour de faveur
Obtenir ce bonheur ;
Si vous en lisiez une,
Mon nom ferait fortune !
Or, j'ai parlé beaucoup ; à présent je finis
Car ne saurais mieux faire
Qu'achever et me taire ;
Et pourtant je vous dis :
Qu'aimez-vous donc de plus ? ah, le devine-bien,
Si ferais comme vous, pour ne faillir à rien.

LA PLAINTE ET LE DOUTE.

Qu'est-ce donc que la vie ?
Le bonheur approcher
Sans jamais le toucher ;
Une longue agonie,
Des larmes à verser,
Des larmes à sécher !
. . . .
Notre vie est peut-être un long rêve
En naissant commencé ;
Rêve heureux, bien souvent insensé
Et que la mort achève.
Cette mort que nous n'osons braver,
C'est peut-être dormir sans rêver.
Chercher un bonheur inaccessible
C'est vouloir se frayer un chemin
A travers l'impossible.

INVOCATION.

Assis sur le rocher,
Du vent j'entends la plainte
A l'heure où le nocher
Fait la prière sainte,
Et j'entends le béfroi
Qui tintera pour moi ;
Car n'ai plus de jeunesse.
Lorsque tout me délaisse,
Je me vois flétrir seul
Comme le vieux tilleul
Que ne caresse Flore
Et qu'Autan décolore.
Comme lui, sans baiser,
Où pourrai-je puiser
Un seul rayon de flamme
Pour ranimer mon âme !
Dans un âge avancé
Où plus rien on n'adore,
Je suis enfant encore
Par le cœur ; le passé
Dont ma vieillesse est folle
Va me rendre frivole.
Fuyez, mes illusions ;
Sortez, mes affections,
D'un cœur presque sans vie
Et d'une âme flétrie !

Nymphe, une seule fois
Mon nom tu rediras,
Car bientôt dans nos bois
Plus tu ne me verras !
Pourtant, j'aimais la vie
Pareille à ce beau jour
Où m'apparut Sylvie
Comme un premier amour !
Pourquoi de ces beaux jours ne pas encor user ?
Je ne puis voir sans crainte
Dans mes mains se briser
Le fil du labyrinthe,
Cette chaîne fleurie
Qu'on appelle la vie....
Voyageur fatigué
J'ai vu bien des batailles,
Défendu des murailles ;
Sur les mers j'ai vogué,
J'ai vu la vague immense,
Et son flot en démence
Tout près de m'engloutir ;
Je ne voulais mourir....
Peut-être n'ai-je encore
A contempler l'aurore
Qu'une fois..... un matin !
Qui me tendra la main
Pour finir la vie où j'avance
Seul.... à l'ombre d'une espérance.

MA CROYANCE.

Quand va m'être ravie
Ma seule illusion,
Seul et pâle rayon
Qui colore ma vie ;
Quand je vois arriver
Cette heure solennelle
Que nul ne peut braver,
Où notre âme immortelle
Fuit dans l'éternité ;
Dans mon cœur se révèle
D'une aurore nouvelle
La grande vérité
Pareille à la rosée
Qui, pleine de douceur,
Vient ranimer la fleur
Par l'orage brisée.
Et quel est le mortel
Qui dans ses jours d'alarmes
En contemplant le ciel
N'a point versé de larmes !

. . . . . .

Aux pieds du créateur
Sa muette pensée
Avec joie adressée,
A fait monter son cœur ;
Et, comme un trait de flamme
Emané du saint lieu,
Son amour pour son dieu
Brûlant cette grande âme
Qu'appelle l'éternel,
Monte aussi vers le ciel.

INVOCATION A LA LUNE.

Phœbé dans ses voyages
M'a bien souvent trouvé
Sur ces désertes plages
Où partout j'ai gravé
Mes soupirs et ma plainte.
Du malheur de mes ans
Quand ma vie est empreinte ;
Quand le froid des autans
Me ravit une à une

Les fleurs qu'à l'âge d'or
M'offrait un heureux sort ;
Ne peux-tu donc, ô lune,
Dans ta haute région
Égayant d'un rayon
De ta blanche tunique
Mon front mélancolique,
Me rendre une des fleurs
Dont j'ai perdu les sœurs ?
Et sous le vert feuillage
Me laisser la revoir,
Comme une fois le soir
Au mystérieux bocage
Gracieusement tu fis,
O divine chasseresse,
Lorsque, les regards ravis,
Tu portas une caresse
De ton pâle rayon
Au front d'Endymion.

PEUT-ÊTRE.

———

Quand je serai parti, que nul ne me verra,
Les cœurs seront muets, plus rien ne m'aimera ;
Semblable au balancier qui fait marcher les heures,
Quand j'aurai pris ma place en des sombres demeures
   Et qu'il s'arrêtera,
   Pour moi tout finira.

JE CROIS A L'AMOUR CONSTANT.

Vous dites tous, l'amour finit s'il est heureux ;
    S'il est content ce dieu s'envole.
    Il n'exista jamais de nœuds,
Vous le dites encor, dont on ne se console.
    Qui le dit n'a connu l'amour :
De la fleur possédée il reste quelque chose ;
    Le parfum si doux de la rose
S'exhalant dans le ciel ne se perd pas toujours.
    On a vu la rose effeuillée
Ranimer le désir qui près d'elle s'endort ;
Une tendre caresse, un amoureux effort
    Plus d'une fois l'ont réveillée.

DEUX GRANDS NOMS.

———

Pindare, Anacréon,
O vous divins modèles,
Vos lyres immortelles
Ont gravé votre nom
Dans la céleste sphère
Ainsi que dans Cythère.

. . . . . .

Joyeux chantre d'Éros,
Les filles de Paphos
T'appelant à leur danse,
Folâtrent près de toi :
Mais bientôt sans défense,
Au charme de ta voix
Ces nymphes oppressées
D'amoureuses pensées
Se pâment à la fois
Sur la mousse des bois !

. . . . . .

Héroïque Pindare,
Audacieux mortel
Je t'élève un autel !
Émus par ta Cythare,
A tes accents, les dieux
Sont descendus des cieux
Fiers de ta poésie,
Pour t'offrir le nectar
Qui rend hommage à l'art
Du roi de l'harmonie !

A L'OCCASION DE LA SAINT-CHARLES.

I.

Amis fêtons ici
Le Charles que voici ;
Il n'est point téméraire
Mais il fut conquérant.
Il est célibataire
Et pas indifférent.

II.

S'il n'est plus conquérant,
C'est pour avoir conquis ;
Vous me demandez qui,
Vous tous ici dînant ?
Tous les baisers de Flore
Du couchant à l'aurore.

III.

Comme je vous l'ai dit,
Charles n'est pas farouche ;
S'il commet un délit
Il tient close sa bouche,
Si ce n'est au repas
Qu'il ne dédaigne pas.

IV.

Une fête, aujourd'hui,
C'est un bonheur pour lui ;
Car rien n'est agréable
Comme de voir à table
Les dames se dresser
Pour aller l'embrasser.

V.

Élancez-vous, Mesdames;
Approchez-vous, Messieurs,
Et qu'en ces amalgames
Charles en belle humeur
N'embrassant que le sexe
Vous oublie et vous vexe.

VI.

Oublier, c'est vilain ;
Mais après vous, Mesdames
Il n'est plus de réclames.
Ce sera l'an prochain,
Messieurs; faites vedette
Le nez sur votre assiette.

VII.

Mais non ; baisons-nous tous
Et que cela finisse ;
Ici point de jaloux.
Bacchus, sois-nous propice ;
Garçons, femmes, maris
Rions, chantons, buvons sans crainte d'être gris.

CHARADE

SUR LE NOM DE T...

Sur un brillant plateau,
Au gré de mon attente,
Tous les soirs se présente
Avec fruits et gâteaux
Mon premier qui m'arrive
D'une lointaine rive.
Tout aussi bien que lui, mon second parfumé
Dans sa petite boîte est sous clé renfermé.
Pour vous toujours aimable
En voyage, à la table,
Vous chérissez mon tout
A la ville et partout.

CHARADE.

Chacun de nous fête mon premier
Depuis le roi jusqu'au chevrier.
Chacun de nous se voit, quand de son numéraire
Il a trouvé le fond,
Pareil à mon second ;
Mais en moi, cher lecteur, tu verras au contraire
Du second l'opposé,
Quant à mon caractère ;
Car je suis très posé,
Révéré sur la terre.
Pour t'attirer, et ta dame surtout,
Mon tout
Ne saura cesser de faire
Avec ardeur
Avec bonheur
Tout ce qui pourra vous plaire.

SOUVENIRS DE L'HYSPANIE.

Sous le ciel le plus doux
Nous arrêtions nos pas au rivage Andalous
En admirant partout cette magnificence
Du fortuné royaume où jadis la science,
Le goût du gai savoir, par un heureux concours,
Des malheurs de la guerre adoucit le retour.

. . . .

Dans des touffes de myrte on entendait bruire,
  Près de chaque villa
  Coquette çà et là,
Les jets d'eau, gazouillant aux vasques de porphyre,
Qui dispersaient dans l'air les perles, les diamants
  De feux étincelants
Et tôt évanouis dans les champs de l'espace
Où tout naît et sourit, où tout souffre et tout passe.

. . . .

  Quelques instants encor
Et l'esprit tout rempli de souvenirs mauresques,
Nos yeux, appesantis sous l'éclat de tant d'or
Et de hardis travaux aux formes gigantesques,
Se rouvraient dans ce jour au pied de l'Alhambra,
Plein de tous ces décors où le Maure opéra

Les charmes séduisants d'un monde de merveilles.
        C'était de toutes parts,
Des créneaux couronnant le faîte des remparts,
Coupoles, minarets, dentelles sans pareilles ;
De fée un vrai palais, dans la limpidité
D'un ciel bleu qui fait luire un éternel été.

        .   .   .   .

Nous entrâmes aussi dans la belle Séville,
        L'Hyspalis des Romains,
        Paradis des humains
Dont le castillan dit dans son orgueil fébrile ;
        Nul mortel n'a rien vu
De merveilleux, si dans Séville n'est venu !
Les arts dans ce beau lieu, les lettres, l'industrie,
Le luxe, l'élégance ajoutant à la vie
        Leur douceur, leur éclat,
Au temps de Ferdinand enrichirent l'Etat :
Mais du Guadalquivir les rives enchantées
Où romances d'amour sont tous les soirs chantées ;
La Giralda ; sa flèche allant percer les cieux,
Avec ses clochetons découpés en aiguille ;
Ces végétations de pierre où l'art pétille,
Grandissaient l'Alcazar, témoin majestueux,
Souvenir éclatant du séjour des rois Maures
A Grenade, à Séville, à Cordoue, en tous lieux
Soumis au califat. Là de ses fiers aïeux
L'Andalous parle encor sous de frais sycomores,
De ses vastes canaux élevés de leurs mains
Transformateurs du sable, en fertiles terrains

Apportant dans leurs flancs cet agent d'industrie
Qui centuple la force, et que, sans nuls rivaux,
Il savait employer à d'immenses travaux,
Richesse du pays, qu'enfanta son génie.

 . . . .

  O ! combien il m'est doux,
Mort au monde en ce jour, évoquant ma jeunesse,
De monter un instant au sommet du Permesse.

 . . . .

  En descendrai-je absous ?
Alors, que rappelant ma lointaine pensée,
Je vois de nos grands jours la splendeur effacée,
Puis-je avoir oublié leurs immenses bienfaits ?
Ils sont mes souvenirs, ils font vibrer mon âme,
Et dilatent mon cœur à cette ardente flamme

 . . . .

  Lumière des hauts faits.

ÉCRIT AU CHATEAU DE VANTOUX

CHEZ MADAME D.

Oubliant la fatigue après un long voyage,
Je prolongeais son cours, charmé d'un paysage
Où le travail des champs de tout temps en honneur
Chez les Romains guerriers, dans la savante Grêce,
En Egypte, dans l'Inde, inonde de richesse
Les plus humbles guérets du vaillant laboureur ;
Et j'arrivais ainsi loin des bruits de la ville,
Exempt de ses tracas, sous un ciel azuré,
En des sentiers fleuris, à plaisir égaré,
Esquissant le tableau d'une nouvelle idylle,
  Lorsqu'aux bords du Suzon
  Dans le creux d'un vallon
  Où sous un frais ombrage
Mille oiseaux gazouillaient, j'aperçus un château
D'un favorable accueil m'inspirant le présage.

. . . .

Le ruisseau murmurait ; humble filet, son eau
Paresseuse humectait l'herbe de la prairie
       Et coulait mollement
      Comme au jour de la vie
      Qu'on remplit doucement
      De bonheur... goutte à goutte,
      Pour prolonger la route
      Où d'autres ici-bas
      Ne font souvent qu'un pas.

      . . . .

Moi, je cueillais des fleurs, et plein de ma pensée
Je poursuivais, rêveur, l'idylle commencée,
      Quand, près de la finir,
Bonheur inespéré ! vers moi je vis venir,
Mon cœur en bat encore, non une bachelette,
      Mais en fraiche toilette,
Un ange de quinze ans, l'héritière du lieu,
      Enfant chéri de Dieu.
Cette apparition couronnait mon idylle ;
Ce n'était plus Philis ramenant au hameau
      Son chien et son troupeau,
C'était l'enfant de Dieu qui m'offrait un asile
Dans le riant manoir que l'on nomme Vantoux.
Venez, dit Maria, venez au près de nous :
Vous plairez à ma mère ; approchez-en sans crainte.
Près d'elle on voit s'enfuir la gêne et la contrainte.
Sous un toit généreux sa grâce accueillera
      Dans son domaine

En·dame châtelaine
Un noble voyageur auquel chacun dira :
« Au château de Vantoux votre aimable visite
» Laisse un doux souvenir.
» A vous y rappeler tout en vous nous invite :
» Nous songerons à vous ; songez à revenir. »

LE BOULEAU PLEUREUR

ET SES INSCRIPTIONS.

Effleurant le gazon auprès du vert bocage
Où s'entretient d'amour la jeunesse volage,
Le bouleau vers la mousse arrondit ses rameaux.

. . . .

Sur sa blanche tunique
S'écrivent d'autres vers pour une autre Angélique,
Et la brise qui court sous ses frêles arceaux
Murmure le bonheur, chante, et seule devise
Sur les serments jurés et sur la foi promise.

. . . . . .

Mais, plus de doux accents ; l'autan siffle et soudain
La foudre, les fureurs d'un orage prochain
Dispersent les concerts de pensées amoureuses
      Sur un bonheur parfait,
Qui n'est le plus souvent qu'un stérile souhait.

    .   .   .   .   .   .

Sur sa feuille d'argent, sur ses branches pleureuses
L'ouragan a frappé le gracieux bouleau ;
Sur sa blanche tunique effacé les promesses
Ecrites tant de fois aux divines maîtresses,
Et de son tronc brisé git à terre un lambeau
Où sur l'écorce, encor brillante et satinée,
      On peut facilement
      Des ardeurs des amants
      Prévoir la destinée.

A M. LÉON FAUCHER

EN LUI ENVOYANT MON PORTRAIT PHOTOGRAPHIÉ.

D'une existence surannée
Enveloppe triste et fanée,
Qu'est-il demeuré sur mon front ?
Des rides : mais jamais l'affront
Ne le souilla : mon âme pure
Jamais ne connut la blessure
Qui flétrit... Causons du portrait,
Produit par la photographie
Qu'un heureux succès justifie ;
Il n'en reste plus que le trait.
C'est à vrai dire peu de chose,
Bien que pris dans le ciel,
Et par l'art, emprunté d'un rayon du soleil.
Car pour parler sa bouche est close ;
Si non, je crois qu'il vous dirait :
« Est il rien de plus doux qu'une amitié sincère ?
» C'est avoir rencontré la tendresse d'un frère. »
Vous retrouver fut un bienfait !

De zéphir c'est la douce haleine ;
C'est son aile d'azur et d'or,
Caressante en son doux essor,
Qui passe emportant une peine.
Près de vous, mon cœur jeune encor
D'un doux repos trouva le port ;
Et tout frissonnant d'allégresse
Sous votre toit, heureux époux,
Du temps oubliant le courroux,
Reçut la dernière caresse.
Ne serait-il pas décevant,
Lorsqu'en moi tout soupire, s'exalte,
Que dans une éternelle halte
S'éteignit mon soleil couchant ?
Oui : je veux espérer encore
Vous voyant m'accorder l'amitié qui m'honore,
Que pour moi vous voudrez au déclin de mes jours
» Trouver le rameau d'or qui fait vivre toujours. »

IMPROMPTU

A L'OCCASION D'UNE OFFRE DE BILLETS DE LOTERIE

PAR Mme E. R.

Avec raison je dis, et c'est là mon souci,
    Les beaux jours de la vie
    Dans une loterie,
    Les bien mauvais aussi
S'échappent hors de l'urne où le hasard allie,
    Mêle ensemble et confond
    Le blanc, le noir, le blond.

    .   .   .   .   .   .

Mais chez Élisabeth le bien seul trouve place ;
Et son tendre regard et son chant plein de grâce
Et ses séductions sont bien plus qu'il n'en faut
Pour mettre du plus saint la sagesse en défaut.

    .   .   .   .   .   .

Ce préambule écrit, j'ouvre ici ma réclame
Pour obtenir de vous, à titre de faveur,
Le billet le plus doux, choisi par vous, Madame,
Dont la main charitable apporte le bonheur ;
Et comblant mon espoir, pour tromper ma vieillesse
Veuillez, qu'avec respect, tendrement je la presse.

HORTENSE B.

DANS UNE CORBEILLE DE FLEURS, SUR LA TABLE D'UN FESTIN,

EN ILLYRIE.

Il m'en souvient, c'était un bien grand jour de fête
    La Saint-Napoléon !

.   .   .   .   .   .

Encore n'étiez-vous qu'un ange qu'on allaite,
Aussi doux que la fleur dont vous portez le nom.
Vos yeux fins, tout remplis d'aimable gentillesse,
Versaient sur nous la joie, en leur douce caresse;
    Et les roses, les lys,
Les violettes de mars, l'hortensia, l'iris,
Les plus rares beautés de la flore illyrienne
Embaumaient un bouquet dont vous étiez la reine
    Eclose en son milieu,
Comme l'ange de paix au jardin du bon Dieu.

.   .   .   .   .   .

Mais, revers inouis, ô funestes pensées !
Nous partîmes bientôt : plus de fêtes données,

Plus de bals, de concerts,
Plus de bouquets offerts
Au palais d'Illyrie.
Notre patrie en pleurs allait être envahie :
Dès lors, trève aux festins ; tout finit, s'écroula
De Trieste à Leybach, de Villach à Zara.
Sous le poids des défaites
Disparurent un jour nos héros, nos conquêtes ;
Le sceptre des Césars échappé de nos mains
Retomba tout sanglant dans celle des Germains !

.   .   .   .   .   .

Dois-je de vos malheurs vous rappeler la chaîne !
Vous grandites rivée aux fers de Sainte-Hélène :
De vos petites mains vous fermâtes les yeux
De l'illustre vaincu, du souverain pieux
Dont les restes gardés par les preux de la guerre,
Dorment auprès de ceux de votre noble père.
Lors, nul point noir au ciel ; vous arriviez au port
Si longtemps désiré ; vous repreniez la vie,
Et moi je remerciais la volonté du sort
Qui vous montrait ainsi dans le malheur grandie ;
Et moi j'aimais en vous
L'heureux mortel, l'époux
De votre choix, brillant d'amoureuse jeunesse,
Comblé de tous les dons, esprit, talent, richesse.
Mais bonheur effleuré ! les beaux jours avaient fui !
Le soleil un matin apparaissait plus sombre ;
Ce jour il se voila ! Le bonheur comme une ombre
Disparut avec lui,

Mais laissant une trace
Qui dans un noble cœur ne périt ni s'efface.

. . . .

Victime, vous n'aviez donc pas assez souffert !

. . . .

Aujourd'hui, c'est assez avoir versé de larmes ;
Le plus saint avenir vous présente ses charmes :
Pour l'ami regretté le ciel pur s'est ouvert.

. . . .

Ici nous ne faisons qu'un voyage éphémère,
Et vers Dieu la vertu s'exile de la terre
Par un chemin au juste incessamment ouvert.
Hortense infortunée,
Avec toi nous pleurons le pieux Amédée !

. . . .

Arrêtons ce récit à la mort d'un époux
Pour qui nos souvenirs resteront les plus doux.

L'IDÉE DE L'EMPEREUR

FAUSSÉE.

Depuis que la croix d'honneur,
Cette fille d'empereur,
Au grade est distribuée
Sans prestige elle est restée.
Le soldat, dans le combat
N'a que son fusil, se bat.
Sans nul appui, sans la naissance
Il n'a pour lui que sa vaillance.
Aussi, lorsqu'il a la croix
Je m'incline vers ce brave
A l'air martial et grave ;
C'est à lui seul qu'il la doit.

DERNIER MOT.

ARCIS-SUR-AUBE.

———

Enfin c'est aujourd'hui, cher lecteur, que j'achève
Ces essais commencés peut-être un peu trop tard.
Pour plaire au centenaire et robuste vieillard,
Lis ce dernier récit qui lui semble un long rêve.

. . . . . .

Dans le vieux Languedoc, au pied d'un mamelon
De la Montagne Noire, on rencontre un vallon
Qui doit ses doux contours à l'onde paresseuse
Dont le tranquille cours le caresse et le creuse ;
      C'est le ruisseau du Sor.
      Sorèze, sur son bord,
Ecole militaire, aimable et douce ville,
Aux sciences, aux arts, à l'esprit sert d'asile.
C'est dans ses murs qu'admis, je fis mes premiers pas,
Dessinai, maniai la règle et le compas.
Peu jaloux du pesant mousquet d'infanterie,
L'épaulette il fallait enlever à tout prix.
      Mon parti bientôt pris,
Je fis tout pour entrer dans l'Arme du Génie.

. . . . . .

Mais un torrent de maux, fondant sur notre France,
M'éloigna du berceau de mon heureuse enfance.
       Agé de dix-huit ans,
       J'étais Sous-Lieutenant
En Janvier mil huit cent. Or, si loin de nos guerres
Bien dites de géants, peut-être il n'est que moi
Qui, batailleur sur tant de terres étrangères,
Du soleil d'Austerlitz se souvienne une fois,
Ainsi que des hauts faits de Gaëte, d'Eylau,
D'Iéna, de Wagram, de Friedland, de Hanau,
De Dantzick, ce puissant abri de la Vistule,
       Où Kalkreuh capitule :
De cet affreux duel des bords de la Moskua,
D'où le Russe en débris vers le nord se sauva.
Oh ! si d'un Rostopchin la torche incendiaire
Secondant sa fureur, de la Sainte Moscou
N'eut laissé que le nom, la flatteuse chimère
Des Czars disparaissait à jamais sous nos coups.

    .   .   .   .   .   .

Juste ciel, de si haut pourquoi faut-il descendre !
Le prix de tant de sang nous allons donc le rendre !
L'Oder, l'Elbe, le Rhin, la Lys sont repassés.
Pour envahir la France, ils ne sont pas assez
Ces Prussiens, Autrichiens, Bavarois, Moscovites !
Ils emploient contre nous leurs armes favorites ;
Au champ même d'honneur forcent nos alliés
De faire feu sur nous ; et faussant leur parole,
Acceptent en plein jour, le plus infâme rôle !...
Qu'à la honte attachés leurs noms soient publiés,

Et que la noble France
Séparée à jamais d'amis faux et félons,
Retrouvant sa puissance,
Les fasse repentir d'infâmes abandons.

. . . .

. . . . . .

. . . . . .

Les beaux temps sont passés ; le souvenir en reste :
Le soldat qui les vit, dans son loisir agreste
Suit en France Napoléon
Abandonné de la victoire,
Qui s'y débat comme un lion ;
Et chargé du faix de sa gloire
Cherche la mort en combattant,
Et l'appelle en la bravant.

. . . . . .

De ce passé si grand il est un épisode,
Qui le grandit encore et clôt sa période,
Dont je fus le témoin, mais que nul n'écrivit,
. Et qui confond l'esprit.

. . . . . .

Nous étions en Champagne,
Affamés, harassés,
Décimés par les maux que la guerre accompagne ;
En butte aux ennemis devant nous entassés.

. . . . . .

O fier Napoléon, ce jour d'Arcis-sur-Aube
Je te vois, aux rayons décolorés de l'aube,

A cheval, froidement, dans des mares de sang,
Sous la grêle d'obus dont l'atteinte mortelle
Faisait incessamment voler bras et cervelles,
Auprès de Ney, voulant mourir au premier rang,
    Grand dans la mort comme en ta vie entière,
        Et, pour sublime enjeu,
        Dans un torrent de feu
        Jeter ta tête altière.
Combien trembla pour toi plus d'un ferme guerrier
      Lorsque, de ton coursier
Noble enfant du désert, à la belle encolure,
      Ralentissant l'allure,
      Tu fixas ses naseaux
Sur le globe enflammé pourvoyeur de tombeaux !
Soudain l'ardent arabe, orgueilleux de sa tâche,
Sur la mèche qui fuse, en frissonnant s'attache.
L'obus éclate... horreur.... En pâture aux corbeaux
Il prodigue les morts !... mais fureur inutile,

     . . . . . .

L'empereur préservé, se détourne tranquille :

     . . . . . .

L'arabe avec dédain... piaffe sur les morceaux.

ADIEUX.

—

Je ne saurais, lecteur, mieux clore mon écrit
Qu'en résumant ici, simplement son esprit.

. . . .

Souvent règne l'erreur sur la mobile terre.
Amour, plaisir ne sont que chose passagère
Où s'épuise la vie à chercher, à toujours
Demander où conduit le dernier de nos jours.

. . . .

Pourquoi vouloir apprendre
Ce qu'on ne peut savoir ?
Pourquoi toujours attendre
Ce qu'on ne peut revoir !

. . . .

C'est que le sage, hélas ! facilement s'oublie
En un riant mensonge, et douce rêverie :
Quand le plaisir est doux,
Dans ses bras jetons-nous.

Qui me dit que demain n'est pas le dernier rêve
Que l'invincible main du destin me réserve ?

. . . .

D'Horace m'appuyant,
J'éloigne en doux propos la gravité chagrine,
La rudesse des mots, de la rose l'épine,
Et dis en terminant :
Tempérons à propos, pour une douce vie,
La sévère raison par un grain de folie.

TABLE DES MATIÈRES

POÉSIES FUGITIVES

MOTS

DES

CHARADES, LOGOGRIPHES ET ÉNIGMES.

ERRATA.

DIJON. — IMPRIMERIE G. DEMEURAT, RUE BOSSUET, 15.

DIJON. — IMPRIMERIE G. DEMEURAT, RUE BOSSUET, 15.

www.ingramcontent.com/pod-product-compliance
Lightning Source LLC
Chambersburg PA
CBHW070321030726

47505CB00004B/1050